트레샤 퓨전 판타지 장편소설
WISHBOOKS FUSION FANTASY STORY

파왕성
플레이어

6

트레샤 퓨전 판타지 장편소설

초판 1쇄 찍은 날 | 2019년 7월 9일
초판 1쇄 펴낸 날 | 2019년 7월 16일

지은이 | 트레샤
펴낸이 | 예경원

기획 | 위시북스
편집책임 | 이규재
편집 | 위시북스

펴낸곳 | 예원북스
등록번호 | 제396-2012-000132호
등록일자 | 2012. 7. 25
KFN | 제1-436호

주소 | 경기도 고양시 일산동구 호수로 646-24 위너스21II빌딩 206A호 (우)10401
전화 | 031-819-9431 팩스 | 031-817-9432
E-mail | yewonbooks@naver.com

ISBN 979-11-6424-585-7 04810
　　　979-11-6424-172-9 (set)

트레샤 퓨전 판타지 장편소설
WISHBOOKS FUSION FANTASY STORY

마왕성 ⑥ 플레이어

파왕성
플레이어

CONTENTS

◀ 37장 ▶
실비아

바쿤의 병력 체계는 네 개의 부대로 나누어진다.

가장 먼저, 병사들의 방패가 되어주는 라이언 부대.

[숙련 방패술(공용)이 발동됩니다.]

[아트란 투창술이 발동됩니다.]

[굳건한 맹세가 발동됩니다.]

지속적으로 훈련 및 수행 과제를 달성하며 대부분 C급을 목전에 둔 상태였다.

더불어 D급 하급 창술 특성까지 활성화된 병사들.

[)ㅅ(]

　부대의 중심이 되어주는 쿨단의 활약 덕분에 스켈레톤 병사, 트롤, 놀 등이 종족별로 제 몫을 하고 있었다.
　두 번째로, 돌파형 근접 계열 담당인 불한당 부대.

[대지 충격파가 발동됩니다.]
[배쉬가 발동됩니다.]
[약점 간파가 발동됩니다.]

　라이언과 동일하게 C급을 앞둔 그들은 칸과 켄의 용감무쌍한 돌진을 뒤따르며 선두를 책임지고 있었다. 특히 최근에 합류한 위르겐을 통해 갖가지 전술을 구사하기도 했는데.
　"페페펭. 저기 아이템이 떨어졌다. 얼른 가서 챙겨!"
　"키에에엑!"
　"키엑. 키엑!"
　가끔 탐욕에 빠져 적을 무시하는 경우도 많았다.
　세 번째로, 원거리 지원을 담당하는 한조 부대.

[더블 샷이 발동됩니다.]
[특출난 교정술이 발동됩니다.]

[마력 압축 화살이 발동됩니다.]

한동안 사격술과 자세 교정 훈련을 거쳐온 덕분에 지금은 약간 거리가 먼 적들도 문제없이 화살을 명중시키고 있었다.

다만, 안타깝게도 단 한 명만큼은 예외였다.

"우씨. 또 안 맞았어. 안 되겠다. 다들 돌진해!"

"뭘?"

"츠으으!"

화살이 빗나갈 때마다 활을 든 채 진형을 박차고 나가는 헥토르. 나름 명중률이 상승하긴 했지만, 아직도 부족한 것이 많은 부대장이었다.

마지막으로, 원거리 지원, 화력을 담당하는 브론즈 부대.

[매직 미사일이 발동됩니다.]

[파이어볼이 발동됩니다.]

[슬로우가 발동됩니다.]

마법과 어울리지 않는 저돌적인 오크임에도 불구하고 차근차근 스킬들을 배워가며 샤먼으로서 후방을 책임지는 중이었다.

비록 아직까진 E급과 D급에 속하는 속성 마법 및 속박계 마법들이 전부였지만 충분히 도움이 된다고 볼 수 있었다.

물론.

"저열한 오크 놈들. 그렇게 마법을 가르쳐 줬는데도 이 정도밖에 안 되다니!"

"취, 취이익."

"취익. 무섭다!"

최근에 C급으로 성장한 록시는 언제나 불만이 가득해 보였다.

"흥. 자기는 저런 기본적인 마법도 안 배워놓고선 폼 잡기는!"

"웃기지 마라. 저런 간단한 마법들은 기초만 알아도 누구나 발동할 수 있다. 물론, 너 같은 다크 엘프들은 흉내도 못 내겠지만."

"이익. 마법 따위 필요도 없다고!"

부대에 속하지 않고 개별적으로 활동하는 정식 용병 루시엔. 그녀는 지난 거울성에서 뼈아픈 패배를 겪었기 때문인지 종종 혼자서 훈련까지 할 정도로 노력하는 모습이 비쳤다.

'조금만 더 하면 가능할 것도 같은데. 왜 이렇게 안 되는 거야!'

동일한 이도류의 기술을 다루던 니시무라 유이치와의 전투에서 커다란 벽을 실감한 이후 무언가 갈피를 잡기라도 한 것인지 가끔씩 특이한 기술을 연습하기도 했다.

그리고 루시엔처럼 개별적으로 행동하는 병사가 또 한 명 있었는데.

[증폭의 마법진이 발동됩니다.]
[치유의 마법진이 발동됩니다.]
[큐어가 발동됩니다.]

사실상 부대에만 속하지 않았지.

거의 라이언 부대를 지원하는 병사라고 볼 수 있었다.

"무엇이 필요하십니까?"

[ㅁㅅㅁ]

"아하. 바로 증폭을 사용해 드리도록 하겠습니다!"

특히 로드멜은 치료술사로서 새로운 스킬도 배운 상태. 육체적인 능력치를 일정 시간 상승시켜 주는 증폭의 마법진과 일정 범위의 병사들을 지속적으로 치료해 주는 치유의 마법진이 가장 대표적이었다.

'상태 이상을 회복시켜 주는 큐어까지 배웠으니 장기전도 시도해 볼 만하겠어.'

이젠 치료술사 한 명으로도 약간 부족할 지경이 됐다.

거의 인원수 2백에 다다른 바쿤의 병사들.

용찬은 직업 부여권을 떠올리며 평평한 대지를 발로 내리찍었다.

콰앙!

"어이쿠. 놀래라!"

"언제까지 땅속에 숨어 있을 속셈이지?"

마치 두더지처럼 생긴 47위 마왕이 폴짝 뛰어오른다.

굴착의 권능을 가진 레이실 가문의 가우론. 병사들의 전력을 줄여놓는 동안 땅속에 숨어 있었지만, 파쇄 스킬을 가진 용찬의 앞에선 어림도 없었다.

"이, 이렇게 되면 다른 곳으로!"

"웃기지 마라, 록시!"

"미리 준비해 놨습니다."

놈의 도주 루트에 맞춰 설치해 놓은 모래 통로.

용찬은 땅 밑으로 사라진 가우론을 쫓기 위해 뒤쪽 통로로 몸을 던졌다.

그리고 놈이 다시 지상으로 머리를 빼꼼 내미는 순간.

덥석!

"히, 히에에엑!"

"지금 당장 선택해라. 기권할 건지. 아니면……."

바쿤의 마왕이 머리를 뿌리째 잡으며 뇌전을 뿜어냈다.

"반 죽을 때까지 얻어터질지."

감전 상태에 걸린 온몸이 부르르 떨린다. 아니, 정확히는 용찬의 살기에 공포를 느끼고 있었다.

"하, 항복할게."

결국, 가우론은 항복을 택했고 바쿤은 당당히 서열전에서 승리하며 47위로 올라섰다.

※

[마왕성:바쿤]

[등급:D]

[동맹:무]

[용병:루시엔,위르겐,록시]

[위치:절망의 대지 최남단]

[재정:1,421,855 골드]

[수입원:라딕 던전, 요르스 철광산]

[병력:D]

[방어력:D]

'가장 먼저 올려야 할 것은 방어력인가. 일단 함정과 방어 수단부터 살펴봐야겠군.'

슬슬 바쿤도 C급을 목전에 두고 있었다. 미리 수행 과제를 클리어해 놓았기 때문에 방어력은 문제없이 등급을 상승시킬 수 있을 터.

똑똑.

마왕성 상점을 키려던 차, 그레고리가 방 안으로 들어왔다.

"마왕님. 프로이스 가문에서 통신이 왔었습니다."

"레이실 가문의 땅 때문인가?"

"예. 기대했던 대로 마왕성에 대한 지원을 늘려준다고 하더 군요."

여태껏 승자의 방을 통해 젬, 골드, 병사를 요구했던 바쿤.

당장 마왕성에 집중하는 것이 가장 시급했기 때문에 그렇게 받아왔지만 바쿤이 안정화되기 시작하면서 약간은 달라지게 됐다.

'마왕님. 지금부턴 가문에도 신경을 쓰는 게 좋을 것 같습니다. 서열이 오르는 만큼 지원도 많아지고 있긴 하지만 가문의 영향력이 높아질수록 그 보답은 배로 돌아옵니다. 일종의 투자라는 것이죠.'

적절한 그레고리의 조언 덕분에 가우론은 눈물을 삼키며 가문의 땅을 일부 내주어야 했다.

그리고 보답으로 돌아온 것이 바로 가문의 지원. 예상보다 많이 늘어난 젬과 골드량에 용찬은 흡족해하며 보고서를 내려놨다.

"네가 말했던 대로군. 아주 잘했다. 그레고리."

"과찬이십니다. 마왕님."

"더 페이서 상단은 어떻게 되어 가고 있지?"

"마왕님의 투자금을 통해 다시 기반부터 다지고 있는 모양입니다. 그래도 로버트가 직접 상단원들을 이끌고 있으니 조만간 좋은 결과가 나올 것 같습니다."

롱 담에서부터 알고 지내던 사이였기 때문인지 로버트에 대한 신뢰가 느껴졌다.

용찬은 피식 웃으며 보고서에 필요한 아이템과 장비 리스트를 작성해 그에게 돌려주었다.

"곧 필요해질 물품들이다. 상단을 통해 구할 수 있는 것은 전부 구해놓으라고 전해라."

"알겠습니다. 그럼."

가벼운 보고가 끝나자마자 그레고리가 방을 떠났다.

"자, 그러면……."

"짜잔!"

"이런 빌어먹을."

발칵 문을 열고 들이닥친 요주의 방해꾼. 하늘색 원피스로 새 단장을 한 아이리스의 모습에 벌써부터 골이 아파왔다.

"어때, 어때? 헨드릭! 이거 그레고리가 사준 거야. 이쁘…… 꺄악!"

"크흠. 미처 깜빡하고 안 챙겨간 게 있었군요. 죄송합니다. 마왕님."

"칫. 눈치만 빨라선."

"……그럼 이만 실례하겠습니다."

급히 최상층으로 돌아온 그레고리가 아이리스를 강제로 끌고 사라졌다.

순간 그녀가 혀를 차며 아쉬워하던 것 같았지만, 기분 탓이리라.

그렇게 다시 방 안이 조용해지자 용찬은 한숨을 내쉬며 다시 마왕성 상점을 살폈다.

[원한의 서릿발(방어 수단)]

[복도 교체(함정)]

[철통 거미줄(방어 수단)]

[어둠의 장막(함정)]

'등급이 오르면서 효과도 다양해지는 건가. 점점 상태 이상 효과도 많아지는 것 같은데.'

수행 과제 덕분에 오픈된 C급의 함정 및 방어 수단들. 제각기 효과도 다르고 용도도 달랐기 때문에 자연스레 고민이 깊어졌다.

하지만 그것도 잠시.

'호오. 이건 잘하면 특성과 연계해 볼 수도 있겠는데?'

직접 효과와 용도를 살피던 용찬이 금방 결정을 내렸다.

[C급 방어 수단 '철통 거미줄'을 구매했습니다.]
[C급 함정 '복도 교체'를 구매했습니다.]
[방어력 등급이 C로 상승했습니다.]

그동안 모아둔 젬의 절반 정도가 날아갔다.

구매 제한 페널티로 등급마다 가격이 상승하는 마왕성 아이템들. 하지만 용찬은 아쉬워하지 않고 투자하는 마음으로 함정과 방어 수단을 배치했다.

-우, 우왓. 놀라라. 새로운 방어 수단인가?

-어라. 누님. 왜 그렇게 몸을 부르르 떠세요? 혹시 거미줄 무서워하시는 거예요?

-무, 무슨 소리야! 이딴 거미줄 따위 무섭지도 않다고.

-엇. 누님. 저기 거미가?

-꺄아아악!

시스템 화면을 통해 비명 소리가 들려온다. 숲의 종족인 다크 엘프답지 않게 루시엔의 약점은 거미였던 모양이다.

'음. 이번에는 장신구와 무기 쪽으로 구매해 봐야겠어.'

말이 끝나기가 무섭게 손에 잡히는 장비 구매권 두 장.

제한 페널티가 초기화된 시점에서 다시금 장비들이 소환되고 있었다.

[드레이크 장궁]
[렌탈의 수정 목걸이]

결과물들은 나름 만족스러웠다.

사격 속도가 느려지는 대신 명중과 피해를 두 배로 높이는 장궁, 피해를 받을 시 일정 확률로 근처 범위 내의 적들을 수정화시키는 목걸이.

특히 드레이크 장궁은 정밀 조준 옵션이 추가로 달려 있어 먼 거리에서 적들을 사격하기 안성맞춤이었다.

'그래도 둘 다 레어급으로 나와주는군. 장궁이야 이미 주인이 정해진 것이나 다름없지만, 목걸이는 약간 고민된단 말이지.'

평소 같았으면 즉시 쿨단에게로 돌아갈 장비였지만 그레고리의 조언 덕분인지 다른 주력 병사들에게도 신경이 쏠렸다.

결국 용찬은 불한당 부대의 전력을 생각해 렌탈의 수정 목걸이를 칸에게 건넸다.

"키엑. 키에엑!"

"뭐라고 하는 거냐."

"으음. 손짓을 보아하니 수정 목걸이를 반으로 쪼개고 싶다는 것 같은데요?"

함께 최상층으로 불려온 헥토르가 손수 통역 아닌 통역을 해주었다.

아마 함께 다니는 켄을 생각해 장비를 나누고 싶다는 것일 터. 하지만 용찬이 그런 짓을 용납할 리 없었다.

"반으로 쪼개지기 싫으면 얼른 목에 차라."

"키, 키에엑!"

그렇게 두 개의 장비를 모두 건네주자 다음은 스킬, 특성, 재능 부분이었다.

'요즘 들어 너무 쿨단과 기존 멤버들에게만 투자한 경향도 있어. 이번에는 로드멜과 록시에게 사용해 봐야겠군.'

새로운 주력 병사들이 추가될 때마다 신경을 써주는 것은 당연했다. 골고루 투자한다 해도 마왕성의 전력이 강화되는 것은 다르지 않을 터. 용찬은 스킬 부여권과 특성 부여권을 각각 록시와 로드멜에게 적용시켰다.

[로드멜에게 채널링 특성이 부여됩니다.]
[록시에게 안티 베리어 스킬이 부여됩니다.]

'안티 베리어는 그렇다 치고 채널링은 어떤 특성이지?'

안티 베리어는 익히 봐서 알고 있는 마법 무효화 방어막이다. 하지만 채널링은 듣도 보도 못한 새로운 특성.

'일단 나중에 직접 확인해 봐야겠군. 이제 남은 건 직업······ 아, 그러고 보니 르네의 밤에서 상자를 받았었는데 깜빡하고 있었군.'

상념에서 깬 용찬은 인벤토리에서 녹색 상자를 꺼냈다.

[위원회의 깜짝 선물 상자를 개봉합니다.]
[절망의 대지 최남단의 수입원 위치가 오픈됩니다.]

눈앞으로 나타나는 지도에 초기 미공략 던전처럼 먼 위치에서부터 붉은 점이 반짝거렸다.

'설마 위원회의 선물이 수입원의 위치였던 건가?'

확실히 마왕과 마왕성에게 도움이 될 만한 선물이다.

험준한 산맥 사이에 위치한 붉은 점. 위치가 위치인 만큼 파이칸 고대 유적지를 공략하는 대로 천천히 원정을 준비해도 괜찮을 터다.

[현재 열린 직업 목록]

[1. 마법사(조건 필요)]

[2. 정원사]

[3. 치료술사(조건 필요)]

[4. 수호자(조건 필요)]

[5. 마탄의 궁수(조건 필요)]

'기사 직업이 사라지고 새로운 직업들이 몇 가지 생겼군. 잠깐, 수호자와 마탄의 궁수? 이건 히든 직업들일 텐데?'

처음으로 직업 목록에서 히든 직업이 튀어나왔다. 치료술사부터 추가하려고 했던 용찬은 깊은 고민에 빠졌다.

'으음. 직업 제한 개수는 두 개. 히든 직업을 둘 다 챙길 수 있긴 하지만 아무래도 치료술사가……'

똑똑!

가벼운 노크 소리와 함께 문이 열린다.

"마왕님. 저입니다."

"무슨 일이지?"

"드디어 40위 서열전이 끝났습니다."

직업 목록을 보고 있던 용찬의 고개가 돌아갔다.

가우론과 서열전을 벌이기 직전 39위 마왕에게 선전포고를 했던 실비아.

"결과는?"

"실비아 세빌의 마왕성인 랜드로드가 패배해 계속 40위를 유지하게 됐습니다. 어찌시겠습니까?"

솔직히 상대가 누구든 자신은 상관이 없었지만, 평가전 때를 떠올린다면 병사들에겐 큰 의미가 있는 그녀였다.

때문에 용찬은 고민할 것도 없이 자리에서 일어나 말했다.

"그레고리."

"예. 마왕님."

"지금 당장 위원회에 알려라."

전신으로 파지직 거리며 발산되는 뇌전들. 새로운 먹잇감에 반응이라도 한 것인지 기세가 몰려들었다.

"바쿤이 랜로드에게 선전포고를 한다고."

다음 서열전 상대가 결정되는 순간이었다.

꽈직!

바닥을 나뒹굴던 나무 상자가 부서진다.

적발의 여인은 신경질적으로 파편들을 걷어차며 왕좌에 앉았다.

"게펠트 자식. 뭐가 잘났다고 잘난 체를 하고 난리야. 용병만 아니었으면 진작 내 손에 밟혔을 놈이. 아아, 생각할수록 열 받네!"

"고정하시지요, 실비아 님. 그래도 아직 기회는 많지 않습니까."

"많으면 뭐 해, 기껏 공들여서 얻은 가문의 땅까지 도로 뺏겼는데. 하아, 이대로는 안 돼. 무언가 특단의 조치가 필요하다고."

서열전이 시작되며 여실히 드러난 전력 차이. 마왕간의 혈투 속에서 당당히 기세를 제압한 실비아였지만, 랜로드의 병사들은 그러지 못했다.

특히 용병들의 수준 차이가 극심하던 병사들의 교전.

결국, 게펄트 다문이 새로 고용한 용병에게 속수무책으로 당하며 자신이 손 쓸 틈도 없이 빈틈을 내주고 말았다.

"우선 용병부터야. 아무리 내가 강하다고 해도 병사들까지 신경 쓰면서 싸우긴 애매해. 도대체 그놈은 어디서 그런 용병을 얻은 거지?"

"듣기론 수인 연합 코르덴에서 우연히 만났다는 설도 있더군요. 물론, 아직 정확히 들어온 정보는 없습니다."

랜로드의 집사 버루키의 말에 귀가 솔깃했다.

처음 만났을 때만 해도 이종족을 극도로 혐오하며 노예 취급했지만, 지금은 어느 정도 편견이 벗겨진 상태였다.

'내가 너무 마계를 좁게 본 것일 수도 있어. 게펄트 놈의 용병만 해도 이종족이었으니까. 실제로 수인의 피가 섞인 메리도 끝내 마계 위원회의 일원이 되었잖아.'

물론 아직도 위원회 안에서 갈등 및 편견이 잦았지만, 꿋꿋이 견뎌내는 메리였다.

잠시 그녀를 떠올리던 실비아는 고민 끝에 통신 수정구를 꺼내 들었다.

"좋아. 마음에 안 들긴 하지만 코르덴에도 한번 찾아가 봐야 겠어."

"가문에 통신하시는 것입니까?"

"빠르면 빠를수록 좋잖아. 저택에는 게이트도 있고 말…… 응?"

가문에게 통신을 취하려던 차, 수정구가 반짝거렸다.

-실비아 님이십니까. 마계 위원회의 데크라고 합니다. 다름이 아니라 이번에 마왕성 바쿤에서 마왕님께 선전포고를 하셨습니다. 그래서 서열전 일정과 관련해서 통신을 드렸습니다.

가뜩이나 신경이 곤두서 있던 실비아의 미간이 좁혀졌다.

르네의 밤에서 대놓고 자신을 무시했던 헨드릭 프로이스. 뒤늦게 그 기억이 떠오르자 양쪽 입꼬리가 씰룩거리기 시작했다.

"……그 망나니 자식이 기어코 내게 도전했다, 이거지?"

다시금 도약하기 위해 서열전을 신청한 바쿤. 이번에는 무려 40위인 랜로드에게 과감히 선전포고를 날리며 마계를 뜨겁게 만들었다.

"요새 헨드릭의 기세가 만만치 않아. 벌써 47위까지 올라갔잖아."

"더욱 놀라운 것은 70위대부터 상대 가릴 것 없이 무조건 높은 서열의 마왕과 맞붙었다는 거지. 이번에도 그렇잖아. 자기보다 7위는 높은 랜로드에게 선전포고를 날렸어. 과연 어떻게 될까."

"마음 같아선 최하위에서부터 올라온 헨드릭을 응원하고 싶지만 조금 눈치가 보인단 말이지. 실비아를 적극적으로 지지하는 마족들이 하도 많아서 말야."

"그건 그렇지. 분명한 건 헨드릭도 만만치 않지만, 실비아도 절대 무시할 수 있는 마왕은 아니란 거지. 실비아의 등급은 C급이라고 하던데 과연 헨드릭은 어떨지 모르겠네."

한동안 상위 서열대가 잠잠했던 탓인지 바쿤의 서열전 소식은 마족들의 입을 타고 빠르게 전해졌다. 그리고 예정된 서열전 일정이 가까워지자 프로이스 가문과 세빌 가문도 천천히 반응을 보이기 시작했다.

"유망주로 떠오르는 것은 우리 실비아도 마찬가지야. 그 아이는 언제고 10위 안으로 올라갈 수 있는 재능을 가지고 있으니까."

"세빌 가문은 전대 서열전부터 나를 귀찮게 만들었던 가문 중 하나지. 그 지독한 실리엔이 자기 딸을 곱게 키웠을 리 없어. 아마 이번에도 장기전을 노리며 차차 서열을 치르고 순위를 올릴 테지. 기세를 끊으려면 지금이 가장 적기다. 헨드릭."

초창기부터 10위권 안의 자리를 석권한 홍염의 패자.

후반부에 접어들면서 10위 안으로 올라선 비통의 사신.

전대 서열전부터 이어져 온 운명의 고리가 다시금 후대를 통해 부딪치게 됐다.

"반전의 마왕. 망나니에겐 너무 과분한 호칭이야. 오늘이야 말로 그 호칭이 잘못됐단 것을 증명해 주겠어."

"비통의 마왕을 제물로 삼아 우리는 30위대로 진입한다."

마침내 다가온 바쿤과 랜로드의 서열전 일정.

그 누구도 감히 결과를 예측할 수 없는 가운데 마계 위원회의 일원들이 각각 마왕성에 도착했다.

"……이렇게 또 뵙게 되네요. 오랜만이에요. 헨드릭 프로이스 님."

"평가전 이후 처음인가. 우연치곤 참으로 신기하군."

"그, 그러게요."

머리 위, 네모난 귀가 파르르 떨려온다.

서열전을 진행하기 위해 직접 바쿤으로 찾아온 마계 일원회의 위원 메리. 평가전 내내 용찬의 심기를 거슬리게 했던 그녀는 예전 기억을 떠올리며 어색하게 웃었다.

'그때 사과를 받아주시긴 했지만 역시 아직도 마음에 담아 두고 있겠지? 이렇게도 빨리 40위대에 진입할 줄이야. 지금 생각해도 내가 너무 눈치 없이 군 것 같아.'

화려한 반전을 보여주며 록시까지 제압해 낸 용찬. 그때까지만 해도 새로운 주역이 될 가능성이 크다고 여기긴 했지만, 이건 예상의 범주를 뛰어넘은 수준이었다.

지금도 일부 병사들의 따가운 눈총이 느껴지는 가운데 용찬이 먼저 등 뒤로 돌아섰다.

"기존 병사들은 잘 알고 있겠지만, 이번 서열전은 우리에게 의미가 크다."

"맞아. 그 자식들. 헤임달에서 우리를 대놓고 무시했었다고!"

"아니, 정확히는 우리의 위치를 다시금 깨우치게 만들어준 은인이지."

"그래. 그러니까…… 응?"

열분을 토해내던 루시엔이 당황해한다. 곁에 있던 헥토르도 영문을 알지 못해 고개만 갸웃거렸지만, 용찬은 신경도 쓰지 않고 말을 이어갔다.

"그러니 보여줘라."

"……."

"그놈들이 무시했던 우리가 얼마나 발전했는지."

파지지직!

오래전부터 패배자의 낙인이 찍혀 있던 바쿤. 그 과오를 완전히 씻어내기 위해 다시금 전장의 주인이 지시했다.

"너희들의 손으로 직접 증명시키는 거다."

"키에에엑!"

"크워어어어!"

1층으로 강렬한 카리스마가 퍼져갔다. 한껏 사기가 증진된 병사들은 격렬한 함성을 내지르며 준비를 마쳤다.

'여, 역시 대단해. 이게 정말 그때의 바쿤이라고?'

병사들도 병사들이지만 가장 달라진 것은 그들의 주인이었다.

'지금 이 광경을 절대 잊지 마라. 잊는 순간 더 이상의 발전은 없을 테니.'

그제야 메리는 헤임달 때 용찬이 했던 말의 진정한 의미를 깨닫게 됐다.

"이제 슬슬 출발하지그래?"

"아, 네네. 물론이죠."

잠시 넋을 놓고 있던 그녀가 급히 정신을 차리며 게이트를 열었다.

안으로 들어서자마자 맞은편으로 보이는 적발의 여인.

"하. 드디어 잘나신 바쿤의 마왕님이 행차하셨네."

"시건방진 것은 여전하군."

"뭐, 뭐?"

짧은 그 찰나의 순간, 용찬과 실비아의 눈빛이 허공에서 충돌했다. 그리고 마왕 간의 신경전이 펼쳐지는 동시에 병사들 사이로도 팽팽한 긴장감이 나돌았다.

"자자, 다들 그만. 우선 서열전을 시작하기에 앞서 간단히 종목에 대해 설명해 주도록 하겠네."

서열전의 총 책임자 마르스가 서열전에 대한 설명을 시작했다.

바쿤과 랜로드의 서열전 종목은 공성전. 서로 한 번씩 공수를 바꾸며 마왕성을 점령하거나 수호하는 방식인 공성전은 용찬도 몇 차례 경험한 적이 있는 종목이었다.

"다들 이해한 것으로 알고 첫 번째 공성전의 공수를 정하도록 하겠네."

마르스가 주머니 속에서 금색 동전을 꺼내 들었다.

"난 아무거나 상관없어. 굳이 정한다면 앞면."

"그러면 나는 뒷면으로 하지."

여유로운 태도로 일관하던 실비아가 인상을 팍 구겼다.

무엇이 그리 마음에 안 드는 것일까.

탁!

하지만 용찬은 신경도 쓰지 않고 마르스의 손등 위로 착지한 동전을 내려다봤다.

"뒷면이로군. 어쩔 거지. 헨드릭?"

"수성으로 하지."

"하. 역시 겁쟁이는 수성부터 택하게 마련이지. 내가 직접 수준 차이를 똑똑히 알려줄게. 기대하고 있어. 망나니 프로이스."

마왕성 내부에서부터 적들의 침입을 막는 수성.

물자 보급, 병사 지원, 원거리 사격 등 용이한 점이 많았기 때문에 공성전에서는 매우 유리한 입장이라고 볼 수 있었다. 때문에 실비아가 비아냥거리는 것도 어느 정도는 당연했지만, 굳이 쉬운 길이기에 택한 것만은 아니었다.

'한 번 실험해 볼 것도 있고, 적들의 전력을 파악하는 데에 있어서 수성보다 좋은 것은 없지.'

아무리 자신이라고 해도 모든 적을 혼자서 감당하는 것을 불가능하다. 무려 10년간 갖가지 전투 경험을 쌓아왔기 때문에 누구보다 그 사실을 가장 잘 알고 있었다.

"자, 그럼 서열전을 시작하도록 하지."

마르스의 선언과 동시에 뒤바뀌는 배경. 바쿤을 본 따 만든 인공적인 마왕성 내부가 한눈에 들어왔다.

[마왕성 바쿤]

[내구도:20,000]

[랜로드의 특전:사기 증진]

[바쿤의 특전:마력 상승]

[공격:랜로드]

[수비:바쿤]

[서열전 기간:30일]

'마력 상승이라. 브론즈 부대에게는 희소식이겠군. 자, 그러면 어디 한번 몰려오는 적들을 확인해 볼까.'

용찬은 성벽 위로 올라가 세 갈래로 나눠진 다리를 내려다봤다.

"호오. 최근에 마왕성이 C급으로 오른 것 같군요. 병사 수만 해도 얼추 4백여 마리 이상은 됩니다. 페펭."

"39위와 서열전을 치른 지 얼마 안 됐다고 들었는데 벌써 병력을 복구시켰나 보군."

"이거, 이거. 용병 숫자도 저희보다 앞설 수 있겠군요. 페엥."

어깨에 매달린 위르겐이 안경을 만지작거리며 보고를 해왔다.

병사와 용병 모두 랜로드가 앞서는 상황.

진입 경로가 세 갈래로 나눠진 만큼 마왕성의 동문, 서문, 정문 등 골고루 병사들을 배치시켜 진입부터 막아야 했다.

[군주의 기상(공용)이 발동됩니다.]

점점 바닥이 울리기 시작한다.

"크와아아아아!"

거친 함성과 함께 건너편에서부터 모습을 드러내는 랜로드의 병사들. 그 중심에서 실비아가 채찍을 손에 쥔 채 여유롭게 걸어오고 있었다.

"내가 말했었지. 그 자신감이 언제까지 가나 두고 보겠다고. 내가 오늘 너와 나의 수준 차이를 친히 알려주도록 할게."

"끝까지 입만 산 것은 정말 칭찬해 줄 만하군."

"난 다른 멍청한 마왕들과는 좀 달라서 말야. 지루한 것은 정말 못 참거든."

그녀의 손목을 타고 검은 기류가 흘러나온다.

마치 늑대의 형상처럼 모양새를 갖추어가는 정체불명의 기운들.

-크워어어어!

병사들 중심으로 형체가 없는 늑대가 나타나자 사방이 온통 마력으로 진동하기 시작했다.

"소문으로 들어서 알고 있겠지만 내 권능은 압축의 권능. 그리고 이 아이는 내 충실한 소환수 라마트야. 얘가 가장 잘하는 게 바로 마력 재배열인데……."

'온다.'

서서히 구 형태의 마력탄이 압축되어 간다.

"내가 재배열한 마력을 압축하고 또 압축하면 어떻게 될까."

"페페페펭. 저 여자. 마왕성을 직접 노릴 심산입니다!"

공성전에서 승리하는 방법은 네 가지.

마왕에게서 항복 선언을 받거나 병사들을 모두 전멸시키는 것. 혹은 마왕성 내부에 있는 수정구를 직접 공략하는 것.

그리고.

"아예 시작부터 네 바쿤의 내구도를 절반 이상 깎아 내려줄게."

마왕성의 내구도를 전부 소진 시키는 방법이었다.

실비아는 비릿한 미소를 지으며 수십 번 압축한 마력탄을 성벽으로 쏘아 보냈다.

"페페펭. 마왕님. 얼른 도망치셔야 합니다!"

"아니, 그럴 필요 없다. 이미 몇 차례 테스트를 해봤으니까."

"테스트라니 대체…… 페펭?"

호들갑을 떨며 발을 동동 구르던 위르겐의 두 눈이 휘둥그 레졌다.

슈우우욱!

마력탄이 충돌하는 순간 변형된 성벽. 마치 거미줄처럼 변한 벽으로 마력탄이 움푹 들어갔다.

"뭐, 뭐야. 왜 꿰뚫지 못하고 깊숙이 박히기만 하는 건데?"

"공성전 종목에선 마왕성의 고유 함정과 방어 수단이 그대로 적용되지."

"그딴 것쯤은 이미 알고 있…… 뭐, 뭐야?"

회전력을 잃은 마력탄이 점점 반대로 밀려나기 시작했다.

"친히 배려해 주지. 네가 먼저 실감해 봐라."

거미줄로 변했던 성벽이 다시금 원래 상태로 되돌아왔다.

용찬은 탄력의 특성으로 튕겨져 나가는 마력탄을 보며 미소를 지었다.

"이게 네가 그리도 원하던 레이디 퍼스트 아니었나?"

"아, 안 돼. 얼른 막……."

콰아아앙!

여유만만하던 실비아의 표정이 와락 무너지는 순간이었다.

마왕성의 건물과 일체화되어 발동하는 철통 거미줄.

직접 효과와 용도를 읽던 당시 가장 먼저 떠오른 것은 바쿤의 특성이었다.

'굳이 침입을 막을 때만 사용하라는 법은 없겠지.'

'예. 마왕님. 때론 적들이 바깥에서부터 마왕성을 직접적으로 공격하는 일도 다수입니다.'

'그렇다면 우선 간단히 테스트부터 해봐야겠어.'

실험 결과는 대성공이었다. 철통 거미줄은 물론 방어 수단이 해제된 뒤에도 적용되는 탄성의 효과.

특히 원거리 스킬들에 뛰어난 내구성을 가진 거미줄이었기 때문에 이런 방법을 생각해 낼 수 있던 것이다.

'전쟁 당시 직접 상대해 본 적은 없었지만, 실비아의 전투 방식은 이미 마계 내에서도 유명하지.'

다리 초입부의 연기가 서서히 걷혀간다.

성벽에서부터 튕겨진 마력탄이 그대로 방패병들에게 쏟아진 것인지, 선두에 있던 트롤과 오크들의 몸이 만신창이가 되어 있었다.

"페페펭. 역시 대단하십니다. 이런 식으로 카운터를 노리실 줄이야!"

"잡담은 나중에 하고 상황부터 확인해라."

"알겠습니다. 펭!"

시야 확대 안경을 통해 좁혀지는 시야. 위르겐은 제3의 눈까지 시전해 피해자의 숫자를 일일이 확인했다.

"방패병 열 마리가 전투 불능 상태. 나머지 다섯 마리는 경상 정도입니다."

"레어 장비로 도배했거나 아니면 내구 능력치가 뛰어났나 보군."

랜로드 병사들의 평균 등급은 C에서 D급 정도다.

용찬은 아쉬움을 털어내며 부대 배치를 시작했다.

"헥토르."

"넵!"

"넌 한조 부대를 데리고 성벽 위로 올라가라."

"오예. 드디어 장궁을 쓸 때가 왔구나!"

새로운 무기를 획득한 뱀파이어 궁수 헥토르.

정밀 조준 옵션이 추가로 달려 있는 드레이크 장궁이었기 때문에 낮은 명중률도 나름 보완이 된다고 볼 수 있었다.

용찬은 성벽을 사수한 궁병들을 보며 록시를 불러들였다.

"브론즈 부대도 일단 성벽을 사수한다. 최대한 한조 부대를 서포트하며 적들의 대응 사격을 막아라."

"알겠습니다."

"그리고 이번 공성전만 끝나면 승급시켜 주도록 하지."

"……승급?"

뜻을 이해 못 한 록시가 고개를 갸웃거렸다.

하지만 용찬은 이미 1층으로 내려가 다른 부대를 배치시키고 있었다.

[다중 치유술이 발동됩니다.]

치료술사로 전직한 리자드맨들이 방패병들에게 힐을 시전한다.

마력탄이 날아오던 당시 급히 방패를 치켜든 트롤과 오크들.

그들 덕분에 후방으로까지 피해가 오진 않았지만 가장 앞에 있던 열 마리의 방패병은 전투 불능 상태가 되고 말았다.

"츠으으으. 안 될 것 같습니다. 전투 불능 상태에 처해 힐이 제대로 먹히지 않습니다."

"상태 회복 기간은?"

"적어도 3일 정도는 걸릴 듯합니다. 츠으."

"……일단 다른 부상자들부터 치료해."

예상치 못한 방패병들의 피해.

공성을 시작하기도 전에 열 마리가 전투에서 이탈되자 실비아의 안색이 싸늘하게 굳어갔다.

"실비아 님. 우선 전투 불능 상태가 된 방패병들은 놔두고 성으로 급히 전진해야 될 것 같습니다."

"나도 아니까 재촉하지 마. 터지기 일보 직전이니까."

공격 역할에게 주어진 시간은 그리 많지 않다. 일정 시간 동안 승리 조건을 채우지 못하면 자동으로 역할이 바뀌어 버리기 때문에 한시라도 빨리 다리를 넘어가야 했다.

'이거 시작부터 불안한데.'

초점 없는 그녀의 두 눈동자.

뒤늦게 병사들을 다시 전진시키는 실비아였지만 주변에서 느껴지는 살기는 진심이었다.

때문에, 마족 용병 조이스도 최대한 입을 다문 채 부대를 지휘하고 있었고, 얼마 가지 않아 랜로드의 부대는 다리를 넘어올 수 있었다.

슈슈슈슉!

성으로 접근하자마자 화살들이 날아오기 시작했다.

"방패병들은 앞으로. 궁병들과 마법사들은 대응 사격해라!"

또 다른 마족 용병 마쿤의 지시에 신속히 대응하기 시작했다.

이미 C급에 달한 병사들.

하지만 성벽 쪽으로 쏘아 보낸 마법들은 단 한 명의 베리어 앞에 가로막히고 있었다.

"안티 베리어인가. 귀찮게 만드는군."

"마쿤. 뚫을 수 있겠는가."

"금발의 여마족……. 분명 하이델 가문의 일원이던 록시였었지. 평가전 당시를 떠올린다면 마력양으로는 상대가 되지 않아. 우선 우회해서 동문과 서문을 공략해 주게."

"그러지."

마법사 부대를 이끌고 다니는 마쿤과 근접형 부대를 이끌고 다니는 조이스. 둘의 의견이 일치하자 즉시 근접형 부대가 동문과 서문으로 분산됐다.

그 사이, 실비아는 후방 부대들과 함께 정문을 노렸고 용병 보거드를 중심으로 방패병들이 천천히 앞으로 전진하기 시작했다.

'정보대로 바쿤은 아직 D급이야. 방패병들이 당하긴 했어도 수적으로는 아직도 한참 우세야. 여기서 인원 분산까지 했으면 동문과 서문 중 한 곳은 허술할 수밖에 없겠지.'

비록 뜻밖의 카운터에 당하긴 했지만, 성문만 뚫리면 공략도 시간문제였다.

[흑기사의 돌진이 발동됩니다.]
[배쉬가 발동됩니다.]
[악몽의 칼날이 발동됩니다.]

마침 서문으로 돌진한 조이스의 부대가 성문을 부수기 시작했다.

서서히 금이 가며 부서지는 나무 성문.

"슬슬 돌입한다. 다들 준비……."

"어딜 기어들어 오려고 하는 거지?"

"뭐, 뭐야. 헨드릭 프로이스가 왜 여기에?"

산산조각 나는 성문의 파편 속에서 두 명의 신형이 드러났다.

전신에서 뇌전을 뿜어내는 마왕과 두 자루의 검을 든 다크엘프.

장창을 치켜들고 있던 조이스는 그 모습에 당황해서 지시를 내리는 것조차 깜빡해 버렸다.

"서, 서문에 헨드릭 프로이스와 용병 루시엔 발견!"

"동문에는 다수의 근접형 병사들이 있습니다!"

전장으로 우렁찬 함성과 함께 보고가 전해졌다.

멀리서 상황을 지켜보고 있던 실비아는 인상을 구기며 서문으로 달려갔다.

"설마 혼자서 서문을 막겠다는 거야?"

"혼자는 아니지. 루시엔도 있으니까."

"도대체 어디까지 날 얕보는……."

마력이 압축되어 일직선으로 날아가는 채찍.

그 순간, 대기하고 있던 루시엔이 반격을 통해 채찍의 궤도를 비틀었다.

"얕잡아 보는 게 아니라 이게 현실이다."

"……더는 못 참아. 그 잘난 콧대를 찍어 눌러주겠어!"

서문 부근으로 라마트가 다시금 포효를 내지르며 나타났다.

등급상으로 C급에 달하는 마계의 소환수. 압축의 권능까지 합쳐진다면 능히 등급을 초월하는 위력까지 발할 수 있겠지만, 용찬은 단 한 발자국도 물러서지 않았다.

[채널링(공용)이 발동됩니다.]

오히려 바쿤 병사들 머리 위로 떠오르는 게이지를 보며 입가를 말아 올릴 뿐.

"학습 능력이 떨어지는 마족에겐 그에 걸맞은 교육이 필요할 테지."

달려드는 라마트의 위협적인 공격 속에서도 뇌전은 계속해서 발산되고 있었다.

눈앞으로 수십 개의 게이지 창이 떠오른다.

한 명도 빠짐없이 등록된 바쿤 병사들의 생명력과 마력 현황. 일정 범위 내의 파티원들 상태를 체크하며, 거리에 상관없이 스킬을 시전해 줄 수 있는 채널링의 효과였다.

'대단해. 이런 기술이 존재했었다니. 채널링만 있으면 지속적으로 상태를 파악하며 힐과 큐어를 시전할 수 있어!'

지금만큼은 신의 권능을 가진 것처럼 후방에서 모든 병사들을 지원할 수 있었다.

로드멜은 눈을 반짝이며 게이지가 줄어드는 용찬과 루시엔에게 지속적으로 힐을 시전했다.

"헥토르 님. 지금 상황은 어떻습니까?"

-지금은…… 아싸. 또 한 명 명중!

"헥토르 님?"

-아, 죄송해요. 순간 저격에 심취해 있던 나머지 그만!

드레이크 장궁의 효율을 톡톡히 보고 있는 헥토르.

아직까지 성벽 쪽은 안전한 것인지 여유로운 목소리가 들려왔다.

"페페펭. 동문이 뚫렸다!"

"동문이면 불한당 부대가 대기 중인 쪽이군요. 알겠습니다!"

"펭? 저기 병사가 떨어트린 금화다!"

"예?"

"크흐흠. 아무것도 아니다. 펭!"

가끔씩 엉뚱한 소리가 들려오긴 했지만, 철저히 상황을 보고하는 위르겐이었다.

로드멜은 차츰 줄어드는 불한당 부대의 게이지를 보며 바쁘게 그룹 힐을 시전했다.

-ㅇㅅㅇ

"엇. 왜 그러십니까?"

-ㅍㅅㅍ

"……."

엎친 데 덮친 격이라고 할까.

서문과 동문에 이어 세 번째로 정문이 파괴됐다.

위르겐은 급히 탐색자의 눈으로 펼친 화면을 들여다보며 보고했다.

"용병으로 보이는 마족 두 명이 정문과 서문으로 각각 한 명씩 들어섰군. 페펭!"

-잘 보면 후방에 마법사도 한 명 있어요. 일단 이놈은 제가 맡을게요!

"좋아. 그러면 저놈은 록시가 맡으면 되겠군. 펭!"

……왜 내가 네 지시를 따라야 하지?

"페페펭. 마왕님이 안 계시는 동안은 내가 지휘권을 가진다. 얼른 움직이지 못해?"

-빌어먹을 제피르 자식.

채널링을 통한 지속적인 광역 치유와 탐색자의 눈을 통한 신속한 보고. 수성 방면으로 조건이 고루 갖춰진 바쿤은 완벽하게 적들의 견제를 막아내며, 성 내부의 침입자들을 상대하기 시작했다.

'서문에선 마왕님과 루시엔 님께서 실비아와 조이스를, 동문에선 불한당 부대가 절반으로 나눠진 근접형 부대를, 정문에선 한 조 부대와 라이언 부대가 적들의 원거리 부대를 상대하고 있어.'

나비 계곡에서부터 침착함과 빠른 상황 판단력을 보인 로드 멜. 그는 용찬이 알려준 스킬의 재사용 대기 시간을 고려하며 각 전투 구역으로 힐을 고루 분배했다. 그리고 마력이 부족할 때마다 미리 구매한 마력 포션을 마시며 틈을 보이지 않았다.

　'오늘 서열전만큼은 마음껏 마셔도 된다고 하셨으니까.'

　아직 초기 단계이긴 했지만, 더 페이서 상단을 통해 지속적으로 아이템을 구매하고 있는 바쿤이었다.

[얼음 빙벽이 발동됩니다.]
[얼어붙은 대지가 발동됩니다.]
[서릿발 감옥이 발동됩니다.]

　그사이, 브론즈 부대는 속박과 이동 방해에 효과가 있는 수 속성 마법들을 시전하며 적들의 방패병 부대를 막고 있었다.

　-바쿤의 마법사 놈들. 아예 수속성 마법만 시전하고 있어!

　-얼른 빙벽을 깨버려. 화속성 마법으로 화력을 끌어올리라고!

　-이러다간 켄바우도 얼마 버티지 못하고 쓰러지겠군. 할 수 없지.

　결국 마쿤이 직접 순간 이동을 통해 네 번째 용병 켄바우 지원에 나섰다.

　하지만 그것도 잠시.

[수호자의 맹위가 발동됩니다.]

[룬 화살이 발동됩니다.]

새로 전직한 쿨단과 헥토르가 두 눈을 빛내며 숨겨둔 스킬을 시전하기 시작했다.

수호자의 맹위는 일정 시간 동안 체력, 스테미나 회복률을 두 배로 상승시켜 주는 버프 스킬. 그리고 룬 화살은 화살에 랜덤으로 효과를 부여하는 특수 스킬이었다.

-켄바우. 내가 도와주겠…… 큭! 이건 속박 화살?

-정밀 조준 덕분에 빗나갈 일은 거의 없지롱. 자, 다음 화살은 과연 어떤 효과일까.

-거치적거리는군! 이렇게 되면 저 방패병이라도!

-흐ㅅㅎ

무턱대고 돌진하던 방패병 켄바우에게로 창이 날아왔다.

티잉!

이미 쿨단의 아트란 투창술 숙련도는 4단계. 슬슬 다음 등급을 넘보는 가운데 창의 위력은 상당히 매서워져 있었다.

특히 쿨단은 채널링을 통해 계속해서 힐까지 시전받고 있었기 때문에, 정문은 거의 철통 요새나 다름없었다.

'……마왕님뿐만이 아니야. 확실히 바쿤은 전체적으로 강해

지고 있어!'

화면을 들여다보던 로드멜은 감히 자신할 수 있었다.

-에헤헤헤. 이번에는 화속성 화살이다!

-키에에엑!

-폐폐펭. 이대로 모든 아이템을 싹쓸이하는 거야!

지금의 바쿤은 결코 약하지 않다는 것을.

쿠구구궁.

마왕성 서문 부근이 유난히 요란스럽다. 아마 마왕 간의 혈투로 인해 쉽사리 접근조차 불가능한 곳일 것이다.

'새롭게 유망주로 떠오른다는 것은 알고 있었지만, 이 정도일 줄이야. 듣기론 D급이라고 하던데 이 기세는 도대체……'

요주의 마족으로 주목받는 헨드릭 프로이스. 과연 먼저 선전포고를 한 마왕답게 실비아를 상대로 엄청난 기세를 발현하고 있었다.

용병 나탈리는 여기까지 느껴져 오는 기세에 몸을 떨며 대거를 꺼내 들었다.

"키에에엑!"

"그래도 여긴 떨거지들밖에 없어서 다행이네."

동문을 사수하고 있던 불한당 부대가 주위로 포진한다.

병사들을 각각 세 구역으로 분산시켰기 때문에 숫자는 얼추 비슷했지만 수준만큼은 아니었다.

나탈리는 그렇게 생각하며 눈앞으로 보이는 켄에게 대거를 던졌다.

[공간 투척술이 발동됩니다.]

[빛나는 몽둥이의 효과가 발동됩니다.]

지정된 위치로 이동되어 날아가는 공간 투척술.

이번에도 어김없이 공중에서 나타나 칸의 머리로 쏘아졌지만, 백스텝이 발동되며 대거는 애꿎은 바닥으로 꽂혔다.

"……고블린 주제에 날렵하기까지 하네?"

"키엑. 키에엑!"

"좋아. 그러면 이것들도 피해봐!"

빠른 손놀림 속에서 수십 자루의 대거가 곳곳으로 이동됐다. 그리고 랜로드의 병사들이 돌진하는 곳을 향해 대거들이 쏘아져 내렸다.

[대지 충격파가 발동됩니다.]

[신속한 이동이 발동됩니다.]

[부대 결속이 발동됩니다.]

강렬한 충격에 흔들리는 바닥.

"뭐, 뭐야. 이놈들?"

"키에에엑!"

칸과 켄을 중심으로 똘똘 뭉친 불한당이 스킬 범위에서 벗어나 쾌속으로 질주해 왔다. 잠시 균형을 잃은 랜로드의 병사들은 급히 스킬을 시전하며 대응했지만, 칸과 켄의 맹렬한 기세를 막는 것은 무리였다.

파각!

중갑으로 무장한 놀의 머리통이 으깨진다.

서걱!

연달아 철퇴를 들고 있던 코볼트의 어깨도 잘려 나간다.

나탈리, 그녀는 모를 테지만 바쿤 병사들의 장비를 책임지고 있는 것은 잭 펠타. 비록 장비의 재료와 생김새는 볼품없었지만, 성능만큼은 뛰어난 상태였다.

"진짜 보자 보자 하니까!"

마력으로 연결된 대거들이 품속에서 튀어나왔다.

무려 C급에 달하는 도적 전용 스킬 와이어 대거.

푸푸푸푹!

화려한 손재주 속에서 불한당의 병사들이 차례차례 쓰러지기 시작했다.

"키에에엑!"

"너도 이만 뒈져!"

커틀라스로 일일히 대거를 쳐내던 칸이 휘청거렸다.

[배쉬가 발동됩니다.]

[구르기가 발동됩니다.]

뒤늦게 켄이 지원에 나서며 치명상은 면하게 됐지만, 어깨에 박힌 대거만큼은 어쩔 수 없었다.

나탈리는 그 틈을 놓치지 않고 와이어 대거를 마치 풍차처럼 돌리기 시작했다.

"이때야. 다들 몰아쳐!"

"츠, 츠에에엑!"

"깨앵. 깽!"

과연 마족은 마족이란 것일까.

마력으로 연결된 와이어는 미처 막아내지 못할 정도로 강한 위력을 발하며 놀과 리자드맨들을 몰아치고 있었다.

그제야 한숨을 돌린 랜로드의 병사들은 주특기를 사용하며 역으로 흐름을 가져왔고 이내 불한당 부대를 코너로 밀어붙였다.

"그러면 그렇지. 잔재주 몇 가지 배웠다고 해서 하급 몬스터가 달라지는 건 아니지. 자, 용병도 없는 것 같고 슬슬 끝을 내볼까."

"천박한 마족 주제에 잘도 입을 놀리는군."

"방금 누구야. 누가…… 넌?"

천장에 붕 떠 있던 금발의 마족이 천천히 내려왔다.

'언제부터 위에 있던 거야. 분명 인기척은 느껴지지 않았는데?'

마력 추적 특성을 가지고 있던 나탈리는 믿기지 않는 표정으로 록시를 주시했다. 평소라면 수준급의 마법사들이 숨어 있어도 금방 위치가 파악됐을 터.

"키에에엑!"

"착각하지 마라. 제피르 자식의 명령 때문에 어쩔 수 없이 온 거니까."

그 순간, 그녀가 공중에 펼쳐진 사일런스의 마력을 회수하며 의문은 금방 해소됐다.

"이왕 이렇게 된 거 빠르게 끝내주지."

"크으윽. 다들 뒤로 물러나. 이 년은 모래를!"

"너나 뒤로 물러나라."

"꺄아아악!"

마치 소용돌이처럼 사방으로 몰아치는 모래 폭풍.

불한당은 휘청거리는 랜로드의 병사들을 보며 눈을 빛냈다.

"키에엑!"

"이잇. 아주 끝까지! 저리 꺼지라고 좀!"

신경질적으로 던진 나탈리의 대거가 다시금 켄에게로 쇄도했다.

팅!

제대로 투척이 되지 않은 것인지 갑옷에 튕겨져 나가는 대거. 그와 동시에 목에 차고 있던 렌탈의 목걸이가 빛을 발했다.

[렌탈의 목걸이 효과가 발동됩니다.]
[범위 내의 적들을 일정 시간 동안 수정화 상태로 만듭니다.]

파자자작!

"거, 거짓말 이……."

미처 말을 끝내지도 못하고 수정에 갇혀 버린 나탈리.

"……키엑?"

"……네놈. 도대체 무슨 마술을 부린 거냐."

한참 마법을 준비하고 있던 록시는 어이없는 표정으로 켄을 내려다봤다. 하지만 정작 본인도 당황스러운 것은 마찬가지였는지 멍하니 머리만 긁적거렸다.

"……."

그렇게 불한당 부대는 랜로드의 병사들을 수정 속에 가두며 손쉽게 전투를 마무리하고 있었다.

그 시각, 문제의 마왕성 서문.

채앵! 챙!

팽팽하게 늘어진 긴장감은 적당한 열기를 안겨주었다.

다만, 안타깝게도 루시엔은 전투를 즐길 새가 없었다.

[역풍창이 발동됩니다.]

[반격이 발동됩니다.]

"정말 끈질긴 다크 엘프로군."

흑기사로 세빌 가문 영역에서 소문이 자자하던 조이스.

하지만 겉과 다르게 속은 바짝 타들어 갔다.

'알다가도 모를 검술이야. 처음엔 그저 정신줄을 놓은 건가 싶었는데 이리도 매섭고 자유로운 이검술이 있었을 줄이야. 그나저나 아까부터 도대체 무엇을 하고 있는 거지?'

기껏 전투의 흐름을 가져온 루시엔이 다시금 입술을 삐죽 내민다. 여태껏 공방을 주고받을 때마다 계속 무언가 불만스러워하던 그녀다.

"우씨. 방금은 될 것 같았는데!"

"나를 앞에 두고 어딜 한눈파는 거지? 전투에 집중해라. 다크 엘프!"

"에잇, 모르겠다. 언젠가 되겠지. 뭐!"

다시금 땅을 박차고 신형이 쏘아진다.

둘의 등급은 동일한 D급. 서로 C급을 거의 앞두고 있던 용병들이었기에 기술의 위력들은 무시할 게 못 됐다.

슈웅!

수십 차례 허공을 꿰뚫는 장창.

묵직한 위력이 살결을 타고 전해질 정도로 매우 위협적이었지만, 루시엔은 아슬아슬한 외줄 타기를 하듯 능숙한 춤 동작을 선보이며 공격을 일일이 피해냈다.

그리고 신속화와 신속 가르기를 통해 속도를 높이며 역으로 조이스를 몰아붙이기 시작했다.

"또 같잖은 동작을!"

"그 같잖은 동작에 당하고 있는 놈이 누군데?"

"크윽. 이렇게 되면!"

빈틈이 드러날 찰나를 노리던 조이스가 급히 옆으로 궤도를 비틀었다. 변칙적으로 꿈틀거리며 쇄도하는 창날. 마력으로 강화된 세 자루의 긴 창이 돌풍을 불러일으키며 정면으로 파고들었다.

그 순간.

채앵!

"엇?"

습관적으로 하체를 숙인 루시엔의 칼날이 창끝에 닿았다.

우연처럼 살짝 위로 튕겨지는 창대.

"이, 이게 무…… 커억!"

결국 균형을 잃은 조이스는 남은 한 자루의 검에 관통당하
며 그대로 자리에 주저앉고 말았다.

"……내가 졌다."

"아, 방금 분명 된 것 같았는데 내가 어떻게 했더라. 이렇게
했었나? 아, 이게 아닌데."

"……"

듣는 척도 하지 않는 루시엔이었다.

파지지직!

"루시엔. 한눈팔지 말고 남은 병사들부터 처리해라."

"……자기가 알아서 다 처리하고 있으면서."

"루시엔."

"아, 알겠어요!"

구시렁거리던 루시엔이 움찔거리며 건너편으로 달려왔다.

콰앙!

다시금 사방으로 날아가는 근접형 병사들.

일일이 놈들을 떨쳐내던 마왕이 마침내 뇌전 속에서 천천

히 걸어 나왔다.

"취, 취이익!"

"크르르르르!"

"츠으으. 츠읏!"

주변을 둘러싸고 있던 몬스터들은 식은땀을 흘리며 그를 경계했다.

그리고 후방에서 쏘아진 마력탄에 또 한 번 묵직한 건틀릿이 좌우로 움직였다.

덥석!

"이제 슬슬 질리지 않나?"

마권을 통해 마력 자체를 찢어버린 바쿤의 마왕.

라마트와 연계해 마법을 시전하던 실비아는 숨을 헐떡거리며 용찬을 쳐다봤다.

"왜, 왜 지친 기색이 하나 없는 거야? 그 기술은 또 뭔데!"

"네가 알지 못하는 영역의 기술이지. 그리고 체력이라면……"

[그룹 힐이 발동됩니다.]

채널링을 통한 로드멜의 치유에 입가가 쭉 찢어진다.

"지금도 충분히 차오르고 있지."

"……망나니 주제에 그런 건방진 표정 짓지 말라고."

"마음에 안 드나?"

"그렇게 건방지게 웃지 말란 말이야!"

다중으로 생성된 마력탄들이 실비아의 권능을 통해 하나로 합쳐지기 시작했다.

그럼에도 용찬은 단 한 발자국도 물러서지 않았다. 오히려 비릿한 미소를 지으며 팔을 뒤로 젖힐 뿐.

"그런 말은 말이지."

"죽어. 헨드릭 프로이스!"

시야가 점멸하는 순간 뇌전력이 주먹으로 모아졌다.

[필리모터의 효과가 발동됩니다.]

[일점 격발이 발동됩니다.]

공간을 비집고 파고들어 가는 가공할 관통력.

한참 지쳐 있던 실비아는 마력탄을 꿰뚫고 쏟아지는 뇌전을 미처 피하지 못하고 멍하니 바라보기만 했다. 그리고 파랗게 물든 세상 속에서 용찬이 싸늘한 두 눈빛으로 말했다.

"강자가 약자에게나 할 수 있는 말이다."

[서열 47위 바쿤의 승리.]

[헨드릭 프로이스의 서열이 40위로 변경됩니다.]

[실비아 세빌의 서열이 47위로 변경됩니다.]

나름 치열할 것이라고 예상했던 두 마왕의 서열전.

공성전 종목으로 정해져 기세 좋게 공성을 시작한 랜로드였지만, 단 한 차례 수성도 해보지 못하고 첫 번째 공성에서 패배해 버렸다.

"겨, 겨우 하루 만에 승부를 냈다 이건가?"

"……비통의 마왕 실비아를 상대로 이런 결과를 낼 줄이야. 정말 매번 위원회를 놀라게 만드는군."

당당히 승리를 따낸 주역들이 귀환한다. 한때 최악의 마왕성이라 불리었던 바쿤의 병사들이다. 그리고 그 속에서 또다시 반전을 일으켜 낸 마왕이 선언했다.

"평가전으로부터 거의 1년."

"……."

"1년 만에 우리는 지금 이 위치까지 올라왔다. 그동안 겪어 온 과정들을 절대 잊지 마라. 그 힘든 과정들을 잊는 순간……."

최하급 마족이 불러일으킨 기적. 하지만 지금의 병사들을 여기까지 끌어올린 것은 순전히 자신들의 노력 덕분이었다.

"너희들은 다시 이 마계에서 도태되어 버릴 테니까."

"키에에엑!"

"크워어어!"

강렬한 카리스마가 파도처럼 밀려온다.

병사들의 우렁찬 함성 속에서 말로 형용할 수 없는 감정들이 느껴졌다.

'반전의 마왕.'

서열전을 보며 이리도 소름이 돋은 적이 있긴 하던가.

메리는 상기된 얼굴을 부여잡으며 용찬을 쳐다봤다.

그사이, 패배자로 전락한 실비아는 너덜너덜해진 옷가지를 부여잡고 처량히 앞쪽으로 걸어 나왔다.

"음? 무슨 할 말이라도 있나?"

"……."

잠시 입을 우물쭈물하는 실비아. 처음의 그 기세는 어디 간 것인지 표정이 매우 복잡해 보였다.

"어이. 말을……."

"이, 이번만큼은 인정할게. 그래. 내가 확실히 졌어. 하지만 그렇다고 기고만장해하지 말라고!"

"무슨?"

"언제고 그 건방진 콧대를 짓눌러 줄 테니까. 알겠어?"

보란 듯이 자기 할 말만 내뱉고 싹 등을 돌리는 태도에 인상이 구겨진다.

하지만 실비아는 그런 용찬을 무시한 채 씩씩거리며 등을 돌렸다. 그리고 부축하기 위해 달려온 마쿤의 팔까지 내치며 랜로드로 귀환하려 했다.

"실비아 세빌. 멈추게. 아직 승자의 방이 남아 있단 것을 잊었는가?"

"윽."

"헨드릭 프로이스. 자네도 잠시만 대기해 주게. 금방 승자의 방을 준비할 테니."

마르스의 지시가 떨어지자 랜로드의 병사들도 안도의 한숨을 내쉬며 휴식을 취하기 시작했다.

용찬은 움찔거리는 실비아를 잠시 쳐다보다 이내 고개를 돌렸다.

그 순간, 눈앞으로 메시지가 나타났다.

[레버튼:으아. 미치겠다. 밀림 지대가 드디어 개척된 모양이야. 그것 때문에 우리 펄션 길드도 바쁘게 채비를 하기 시작했고. 파이칸 고대 유적지 때문에 한동안 다시 바빠질 것 같아. 나 좀 살려줘.]

적절한 시기에 맞춰 소식을 전해 온 레버튼. 마침내 파이칸 고대 유적지 공략이 다가온 것인지 연달아 메시지들이 날아왔다.

'……드디어 시작되는 건가.'

회귀 이전 기억들이 스쳐 지나간다.

입장 등급에 걸맞지 않게 지옥 같던 유적지의 난이도.

용찬은 타이탄 길드를 떠올리며 격양된 감정들을 추슬렀다.

"어라. 마왕님. 건틀릿에서 무언가 꿈틀거려요."

"음?"

거울성 이후 좀처럼 제어가 되지 않던 어둠의 속성력.

혹여 영혼에 영향을 줄까 싶어 발동하지 않고 있던 놈이 다시금 바깥으로 모습을 드러냈다.

용찬은 헥토르의 손짓에 인상을 팍 구기며 등을 돌렸다.

그 순간.

[어둠의 정령과 계약이 성사됐습니다.]

"뭣?"

예기치 못한 상황이 벌어졌다.

◀ 38장 ▶
강제 룰

　다섯 가지 진영이 만들어지기 이전부터 존재해 온 하멜 대륙의 국가들.

　거울성 공략으로 인해 다시금 NPC들의 존재가 부각되며 진영과 국가 간의 관계도가 시시각각 변화를 보이기도 했지만, 초창기 시절부터 중립을 유지해 온 그들은 소환 의식이 시작되고부터 대외적으로 활동을 보이지 않고 있었다.

　그 증거로 플레이어들 이전에 마족들과 대치하던 신앙의 국가인 성국조차 지금은 잠잠하기 그지없는 상황.

　'진영의 도시들과는 규모 자체가 달라. 한때 신앙 전파 활동으로 대륙 곳곳을 누비고 다녔다고 하던데 지금은 수도부터가 평화로운 분위기잖아.'

대륙의 역사를 살짝만 들여다봐도 알 수 있는 것이 성국의 지나친 이단 심판 활동들이다. 특히 하멜의 3대 교단 중 가장 규모가 큰 자베스 교.

때문에 성국의 수도 재벌린에서의 일정이 그리 순탄치 않을 거라 생각했던 동현이었지만, 예상과 달리 도시 안은 무척 고요했다.

"하아아암. 그래서 언제쯤 나오는 건데."

"겨우겨우 잡아낸 성국 교주와의 만남인데 그리 빠르게 끝날 것 같습니까. 하품 그만하시고 이리로 좀 오시죠. 주변 시선들도 있지 않습니까."

"거참. 귀찮은 짓만 골라서 시키네."

신전 기둥에 등을 기대고 앉아 있던 유이치가 바지를 툭툭 털며 일어났다.

동현은 질린 표정으로 잠시 그를 쳐다보다 이내 거리를 돌아다니는 성직자들을 살폈다.

'역시 신성력으로 특화되어 있는 건가. 입성할 때부터 느꼈지만, 마력은 일절 느껴지지 않아.'

그렇다고 무시할 수는 없을 것이다. 플레이어들과 비교해봐도 신성력 방면으로 무척 우월한 교단원들이니까.

'그나저나 고대 유적지 공략을 앞두고 갑자기 성국이라니. 기존의 일정까지 바꿀 정도로 교주와의 관계가 중요하다는 건가.'

무려 몇 개월간 인원을 투입하며 개척한 밀림 지대. 간신히 고대 유적지까지 경로를 만들어두긴 했지만 다른 진영들의 움직임이 심상치 않았다.

때문에 하이드 길드도 빠른 진입을 요구하고 있었지만, 이렇게 태현의 독단적인 행동 하에 성국으로 먼저 찾아오게 된 일행이었다.

"어, 저기 나오네."

마침 성기사들과 함께 태현이 신전 바깥으로 걸어 나왔다.

"오래 기다리셨습니까."

"뭐, 그렇게 오래 기다린 건 아니고. 기왕 이렇게 된 김에 여기서 밥이나 먹고 가자고."

"유이치 님!"

동현이 버럭 소리치자 유이치가 귀를 막고 잽싸게 등을 돌렸다.

그 모습에 태현은 싱긋 웃으며 성기사들을 뒤로 물렀다.

"그러면 유이치 님 말씀대로 간단히 끼니부터 채우고 돌아가도록 할까요?"

"그건 괜찮습니다. 그보다 원하시던 일은 잘 해결되셨습니까?"

"아, 물론입니다. 덕분에 궁금했던 점도 해결이 되었고 원하던 것도 손에 넣을 수 있었죠."

나긋나긋하던 실눈이 살며시 떠진다.

교주와의 대화를 떠올리던 태현은 천천히 입가를 말아 올렸다.

'다른 진영에서 확인된 정보도 없고. 대외적으로 활동한 흔적도 남기지 않는 플레이어. 어디 꼭꼭 숨어서 자취를 감추고 있을지도 모르지만 역시 확인은 한 번 해보는 게 좋겠지.'

휘파람을 불던 유이치에게로 시선이 갔다.

"웅? 왜 그렇게 보는 거야. 부담스럽게시리."

"아무것도 아닙니다. 자, 그럼 가보도록 할까요?"

"오오. 이제 밥 먹으러 가는 건가?"

"흐음. 그건 생각 좀 해보도록 하죠."

"……어이. 아까랑 말이 다르잖아."

뒤늦게 따지고 들었지만, 이미 태현과 동현은 발걸음을 옮기고 있었다. 할 수 없이 유이치는 굶주린 배를 매만지며 그들을 뒤따랐다.

그러던 차, 등 뒤로 강렬한 시선들이 느껴졌다.

"으음?"

굳은 안색으로 자신들을 노려보는 성기사들.

유달리 매서운 눈빛에 유이치는 영문을 알지 못해 고개만 갸웃거렸다.

"쟤들은 또 왜 저런대. 하아, 이래서 NPC들이랑 엮이면 귀찮다니까."

"얼른 안 오십니까. 유이치 님!"

"간다. 가!"

동현의 재촉에 급히 달려가고 있었지만, 따가운 시선은 계속해서 그들을 향하고 있었다.

[1. D급 병사 104명의 등급이 상승했습니다.]

[2. 마왕성 바쿤의 등급이 상승했습니다.]

[3. 악몽의 탑 게이트 개설이 완료됐습니다.]

서열 40위에 등극하면서 병사들 대부분이 C급에 도달했다. 병력 등급까지 올라 바쿤의 등급 또한 상승한 상태. 아직 장비와 아이템의 수준은 한참 부족했지만, 공성전을 통해 쌓은 숙련도 덕분인지 능력치는 꽤 상승해 있었다.

그리고 예상했던 대로 마왕성 등급 상승에 맞춰 새로운 기능이 추가되었는데.

[마왕성 영역]

[영역 관리]

본격적으로 바쿤의 영향력을 늘리기 위한 영역 관련 사항

들이었다.

'영역 선포는 처음부터 마계 위원회에서 만들어낸 C급 이상 마왕성들의 권리이자 부가적인 목표입니다. 대체적으로 서열전을 통해 영역을 빼앗거나 직접 땅을 지정해 영역을 선포하시는 것도 가능할 겁니다.'

마치 영지를 꾸리듯 대외적으로까지 마왕성을 발전시키는 구조. 그레고리의 설명대로라면 아예 하나의 국가처럼 규모를 늘리는 것도 가능해 보였다.

'어쩐지 전쟁 당시 마왕성 주변으로 장애물이 많다 했어. 하지만 악몽의 탑과 영역 관련 문제는 파이칸 고대 유적지 다음이야. 그리고……'

방 안에 앉아 있던 용찬이 흘깃 침대 쪽을 쳐다봤다.

"냐아아아!"

"우왓. 어딜 가는 거야. 이리와 고양아!"

아이리스 품에서 발버둥 치던 검은 고양이가 잽싸게 도망쳐 왔다. 그리고 날렵한 몸놀림을 보이며 용찬의 어깨 위로 올라왔다.

"……귀찮은 인간 같으니라고."

귀를 의심케 만드는 익숙한 하멜 공용어.

어찌 고양이가 사람처럼 말을 내뱉을 수 있을까.

[어둠의 정령 체셔]
[등급:C]
[상태:나태, 피로]

'도대체가 영문을 알 수 없군. 한동안 어둠의 속성력은 사용하지 않고 있었는데. 갑자기 정령 계약이라니.'

승자의 방을 기다리던 도중 이상 현상을 보인 어둠의 속성력. 뒤늦게 나타난 메시지를 보며 정령과의 계약이 성사됐다는 사실을 알게 됐지만, 아직도 어깨 위의 체셔를 보면서도 믿기질 않았다.

[뇌 속성력:4단계(C급)]
[어둠의 속성력:5단계(C급)]

'권능으로 각성한 뇌 속성력까지 뛰어넘을 줄이야. 역시 근원을 집어삼킨 영향이 너무 컸어.'

속성의 등급과 숙련도는 약간씩 차이가 났다.

'정령 계약은 숙련도 5단계부터 가능하다는 건가?'

나름 추측해 보던 용찬의 고개가 돌아간다.

얼마나 털갈이를 하는지 벌써부터 털로 수북해진 어깨가 보였다.

"우으으으. 너무해. 나랑도 같이 놀아줘. 고양아!"

"냐아아아. 너 따위와 놀아줄…… 캬악!"

한껏 여유를 부리던 체셔가 침대로 던져졌다.

용찬은 어깨의 털을 털어내며 다시금 아이리스 품에 잡힌 놈을 쳐다봤다.

"그래서. 네가 할 수 있는 게 뭐냐. 스킬창에도 뜨지 않는 것을 봐선 따로 능력을 가지고 있는 것 같은데."

"가, 감히 이 몸을 집어 던지다니. 무례한 주인 놈!"

"아예 마왕성 바깥으로 던져줄 수도 있어. 얼른 내 말에 대답이나 해라."

"……냐아아아."

잠시 몸을 움찔거리던 놈이 검은 구체로 물들었다.

[체셔의 기체화가 발동됩니다.]
[기체에 닿은 대상에게 지속적인 피해를 줍니다.]

'속성의 성질을 따르는 건가?'

어둠의 속성력은 마치 감염되듯 사방으로 퍼지는 성질을 가지고 있다. 지금도 연기처럼 퍼지던 기체가 천천히 어깨 위로 올라오고 있었다.

"이게 이 몸의 첫 번째 능력인 기체화다. 냐앙."

"쓸데없군."

"냐, 냐아앙!"

"다른 능력은 또 없는 거냐."

그 이후로 체셔의 능력들이 연달아 시연됐다.

연기처럼 퍼져 상대에게 지속적인 피해를 주는 기체화, 부메랑처럼 구 형태로 날아가서 다시 돌아오는 보이드, 장비에 스며들어 어둠의 속성력을 부여하는 다크 인챈트까지.

"냐, 냐앙. 냐앙. 여, 여기까지가 내 능력이다."

"와아아아. 대단해!"

"박수 치지 마라. 인간!"

아이리스가 두 눈을 반짝이며 갈채를 보내자 어느새 체셔의 재롱(?)도 끝이 나 있었다.

새로 배운 어둠 관련 스킬들과 정령 체셔의 세 가지 능력까지. 분명 전보다 다룰 수 있는 기술들이 많아진 것은 사실이었지만, 기대에는 미치지 못하는 체셔의 능력이었다.

'아직 등급과 숙련도가 낮아서 그런 건가. 이건 아리샤에게 좀 더 물어봐야겠어.'

용찬은 아이리스에게서 달아나는 체셔를 놔둔 채 용병과 병사들의 정보를 살폈다.

가장 먼저, 첫 번째 용병인 루시엔.

[C급 용병 루시엔이 매화를 터득했습니다.]
[C급 용병 루시엔의 신속화 등급이 상승했습니다.]

'신속화 등급이 상승하고 다른 스킬과 특성들의 숙련도도 많이 상승했어. 게다가 유이치가 주로 다루던 매화 기술까지. 한동안 무언가 연습한다 했더니 이거였나 보군.'

거울성에서 체감한 새로운 벽. 그 벽을 넘어서기 위해 그녀 나름대로 노력하고 있다고 봐야 했다.

그리고 두 번째로 쿨단과 헥토르.

[수호자:수호자의 맹위, 경로 차단]
[마탄의 사수:룬 화살, 마력 트랩]

비록 히든 직업으로 전직한 지 얼마 되지 않아 새로 배운 스킬의 수는 적었지만, 수호자와 마탄의 사수는 방패병과 궁수의 상위 직업이었다.

'능력치와 기술들도 전부 기존의 직업을 뛰어넘는 수준이지. 장비와 아이템들만 그럴듯하게 맞추면 충분히 효율을 볼 수 있을 거야.'

마족도 그렇지만 보통 마계의 마왕들은 능력을 우선시한다. 그러다 보니 병사들의 장비도 그럴듯하게만 맞춰둔 채 스킬과 특성부터 강화하려 드는데, 그것은 효율적이지 않은 잘못된 방법이었다.

'이참에 쿨단의 방패도 새로 제작해야겠어.'

수호자에 걸맞은 카이트 방패가 필요했다.

용찬은 통신구를 통해 따로 잭에게 의뢰를 요구하며 나머지 병사들을 살폈다.

'아, 이걸 잊어먹을 뻔했군.'

눈앞으로 나타나는 부대 설정 창.

[부대의 이름이 브론즈에서 실버로 변경됩니다.]

마침내 한 단계 승급(?)을 하게 된 마법사 부대였다.

"나머진 돌아와서 마저 처리해야겠군."

"냐아아아!"

"쯧. 이리로 와라."

한참 아이리스에게 시달리던 체서에게로 구원의 손길이 뻗어졌다.

그리고 푹신푹신한 털이 손에 잡히는 순간.

지지지직!

세상이 어둡게 물들었다.

'……여긴?'

좁고 좁은 감옥 속에서 울려 퍼지는 비명, 아니, 정확히는 처절한 울부짖음에 가까웠다.

-제발. 제발 날 여기서 꺼내줘. 여긴 너무 어두워. 어둡다고!

-…….

-내, 내가 무엇을 그렇게 잘못한 거야. 재능이 없는 것도 죄인 거냐고. 개자식들아!

수척하기 그지없는 얼굴로 문을 벅벅 긁고 있는 한 청년. 억울한 심정을 토해내며 소리를 쳐보고 있었지만, 대답 소리는 전혀 들려오지 않았다.

그러던 도중, 깊은 정적 속에서 천천히 발걸음 소리가 가까워졌다.

-아, 아버지! 제가 잘못했어요. 그러니까…….

-그 입 다물어라! 도대체 얼마나 우리 가문에 피해를 줘야 속이 풀리겠느냐. 네놈 때문에 기껏 건설해 놓은 마왕성의 명성까지 단숨에 무너졌어!"

-아, 아버지?

—이젠 하다 하다 동생 놈에게까지 굴욕을 당하고. 하아. 이대로 그놈들에게……

파지지직!

쩌렁쩌렁하게 울리던 목소리가 줄어든다.

다시금 노이즈 현상처럼 잡음이 들려왔다.

그리고 감았던 눈을 다시 뜰 즈음엔.

"헨드릭. 거기서 뭐 하고 있어?"

"냐아아아. 이거 놔라. 주인 놈!"

"……."

평소와 같은 방 안의 모습이 보이고 있었다.

손에 잡힌 채 발버둥 치고 있는 체셔와 가만히 고개를 갸웃거리는 아이리스.

[동기화율 107%…….]

그제야 현실로 돌아왔단 것을 인지한 용찬이었다.

'아까 전에 그 둘은 분명……'

익숙한 안면에 머릿속이 복잡해진다. 그때 느꼈던 감정들은 분명 자신의 것들이 아니었다.

—마왕님. 전에 요청하셨던 물품들이 준비되었다고 합니다.

"……바로 내려가도록 하지."

낯선 기억 속에 혼란스러워하던 차, 그레고리의 목소리가 들려왔다.

다시금 되새겨지는 기존의 목표.

끼이이익!

활짝 열리는 문 사이로 마침내 용찬이 발길을 내밀었다.

'네가 계획한 모든 것들을 산산조각 내주마. 유태현.'

진정한 복수의 시작이었다.

쿵! 쿠웅! 쿠쿠쿠쿵!

갈라진 대지 위로 깃대가 꽂힌다. 일렬로 세워진 각 길드의 깃발들은 가히 장관이다.

하지만 한자리에 모인 플레이어들의 시선은 오직 중앙을 향해 있었다.

[파이칸 고대 유적지]

[등급:A]

[입장 제한:C-D]

[상태:미 클리어]

세월의 흔적이 남아 있는 고대의 사원.

리오스 진영에서 처음으로 위치가 파악되어 밀림 지대를 뚫고 발견해 낸 현존 최고 난이도의 유적지였다.

'더, 던전 설명부터 괴랄하네. D급부터 C급까지만 입장 가능한데 정작 난이도는 A급이라니. 도대체 어떻게 깨라고 만들어놓은 거야?'

깃발을 양손으로 붙들고 있던 레버튼이 주위 눈치를 살폈다.

펄션 길드에 들어온 지도 벌써 한 달. 그동안 유적지 때문에 눈코 뜰 새 없이 바빴던 그는 사방으로 포진한 수천 명의 길드원을 보며 뒤늦게 대형 길드의 영향력을 실감했다.

'그래도 용찬이 덕분에 나도 나름 강해졌어. 아직 D급이긴 해도 충분히 도움은 될……'

콰앙!

으쓱해지던 어깨가 다시금 움츠러든다.

"거울성에서 그딴 짓을 벌여놓고 잘도 얼굴을 내밀었군."

"진정하지그래. 여기서 꼭 상황을 더 혼란스럽게 만들어야겠나?"

"먼저 우리 애들을 건드린 것은 네놈의 그 잘난 신규 루키였을 텐데?"

풍성한 금색 긴 머릿결이 휘날리며 대지가 진동했다.

대면하자마자 중앙에서 한차례 충돌을 일으킨 아놀드와 차소희. 경력만 해도 무려 5년 차를 넘긴 A급 하이 랭커들의 기세에 기껏 솟아나던 자신감이 다시금 쏘옥 들어가 버렸다.

'도움은 개뿔. 저런 괴물 놈들 앞에서 괜히 나대지 말고 그냥 사리고 있어야지.'

이곳에 모인 랭커들의 숫자만 해도 1천 명은 가뿐히 넘었다. 게다가 대형 길드 소속의 디텍터들도 사방을 철저히 경계하며 다른 진영 플레이어들의 정보를 빼내려 용을 쓰고 있었다.

다행히 미리 준비한 간파 차단 아이템과 마력 결계를 통해 신변을 보호하고 있긴 했지만, 길드의 보호를 받지 못하는 저등급 플레이어들은 감히 접근조차 힘든 상황이었다.

"네놈에게 볼일이 있는 것은 나도 마찬가지야. 당장 유태현을 이쪽으로 불러와."

"순서를 지켜. 내가 먼저 찾아왔으니까."

"순서? 웃기지 마. 디어스 길드보다 피해가 심한 게 우리 펄션 길드야."

펄션 길드의 마스터 김선일까지 전투태세를 취하자 소희의 눈썹이 꿈틀거렸다.

[백호격이 발동됩니다.]
[아이기스가 발동됩니다.]

꽃처럼 피어난 수속성 방어막에 통파가 가로막힌다. 강렬한 스킬의 위력으로 인해 대지 전체로 큰 여파가 밀려왔다.

이젠 사건의 장본인을 앞에 놔두고 서로 신경전까지 벌이는 리미트리스와 쿤다 진영. 두 길드 마스터의 충돌에 대형 길드들도 신속히 전투태세를 갖추기 시작했다.

"주문서 미리 발동시켜 놔. 상태 이상 저항력도 올려놓고."

"간파나 조심해. 디텍터들의 등급이 상당히 높아."

"아예 변화계 스킬부터 차단시켜야겠어. 전부 마력 차단을 준비해."

기존부터 유지되어 온 경쟁 구도가 다시금 일촉즉발의 상황을 만들어냈다.

'왜, 왜 나쁜 놈을 놔두고 우리들끼리 싸우려는 건데. 리오스 진영에게 당한 것은 둘 다 똑같잖아. 이렇게 되면 우리만 손해라고!'

정녕 진영끼리 손을 잡을 수는 없는 것일까.

레버튼은 몸을 덜덜 떨며 방패를 꺼내 들었다.

그 순간, 전장으로 낯선 자가 한 명 난입해 왔다.

쿠웅!

"음?"

"……무슨."

"이 자식은?"

범상치 않은 커다란 덩치.

신경전을 벌이던 세 권좌의 고개가 동시에 돌아갔다.

"게헤헤헤. 무척 재밌어 보이는구만."

"……사태후!"

"한 자리 남아 있으면 나도 껴달라고. 기왕 판 벌일 거 크게
벌여 보자고."

서서히 막이 무르고 언덕 위로 새로운 무리가 모습을 드러
냈다.

북부에 자리 잡고 있는 사상 최악의 집단 체이서.

하나같이 모두 붉게 물든 문신을 지닌 집단 가운데서 사태
후가 혀를 날름거렸다.

"엉. 권좌 양반들?"

초창기 시절 하멜을 휘어잡다시피 영향력을 펼쳤던 대형 길
드들. 그리고 1차 소환 때부터 일찍이 권좌의 자리를 차지하고
있던 세 명의 하이 랭커까지.

결국 떠오르는 신규 강자들에게 따라잡혀 자리를 내주었던
그들이지만, 지금 이때만큼은 그 누구도 감히 범접할 수 없는

위치에 도달해 있었다.

'그런데 여기서 백골림의 사태후까지 나타날 줄이야.'

북부에서 발견한 고대 유적지이기 때문에 접근할 가능성도 다분하긴 했지만 이렇게 무리까지 끌고 올 줄은 예상도 못 했던 용찬이었다.

"페페펭. 네 개의 무리가 한자리에 모였군요."

"좀 더 자세히 파악할 수 없나?"

"시야 확대 안경의 한계도 있고. 특히 등급이 높은 디텍터들이 많은 것 같습니다. 여기서 조금만 더 발을 내밀면 감지계 스킬의 범위에 들어가게 되겠죠. 페펭."

수풀에 숨어 시야를 파악하던 위르겐이 식은땀을 흘렸다.

처음으로 B급 이상의 디텍터들을 보게 됐으니 긴장이 될 만도 할 터.

존재 감지와 달리 간파 및 상태 확인을 위해서는 일정 거리가 필요했지만, 길드 소속이 아닌 만큼 지금 나가봤자 놈들에게 속박당해 정체를 추궁당할 위험성이 컸다.

"쯧. 어쩔 수 없지. 때를 기다릴 수밖에."

"냐아아앙. 주인은 강하지 않나?"

"갑자기 무슨 뚱딴지같은 소리냐."

"그래도 저놈들 중에서 절반 정도는 쓰러트릴 수 있을 것 같은데. 냐앙."

"저 숫자를 보고 잘도 그런 소리가 나오겠군."

체서의 말에 용찬이 질린 표정으로 얼핏 보이는 무리를 쳐다봤다. 분명 C급 이하의 플레이어들은 다수라도 상대할 수 있겠지만 많아도 너무 많았다. 특히나 B급 이상의 랭커들은 일대일 구도라도 장비 차이로 질 가능성이 컸다.

'게다가 저놈들은 아직 상대도 못 할 괴물들이지.'

장비, 스킬, 특성, 재능 등 모든 면에서 월등한 세 명의 권좌들.

하지만 진정으로 위험한 놈은 바로 사태후였다.

'지금 상태에서 저놈과 싸우게 되면 뼈도 못 추리겠지. 자, 그러면 지금 내 수준은 어느 정도일까.'

뇌전의 권능 자체는 등급에 영향을 주지 않는다. 대신 마족의 고유 특성이나 권능 및 속성으로 얻게 된 기술들은 전부 등급에 영향을 주고 있었다.

현재 장비, 스킬, 특성, 등급 등을 고려해 얼추 가늠해 본다면 최소 B급. 하지만 B급 랭커 이상 플레이어들은 아직까지 무리였다.

"최소로 잡는다고 해도 그놈 역시 나와 비슷한 수준이겠지."

"냐아아아?"

"페펭. 마왕님. 리오스 진영 쪽에서 또 한 무리가 튀어나왔습니다!"

태현의 스킬들을 떠올리던 차, 위르겐이 또 한 번 보고해 왔다. 가뜩이나 체이서까지 나타나 복잡해진 상황인데, 또 무슨 일이 벌어진 듯했다.

"젠장. 그러고 보니 이럴 때가 아니지."

"페펭?"

"이리 내놔라."

속이 답답해진 용찬이 잽싸게 시야 확대 안경을 빼앗어 들었다.

곧이어 보이는 커다란 덩치의 사태후와 백색 갑주의 청년.

'저 자식은 이종호잖아. 설마 여기까지 따라온 건가?'

종호로 유추되는 청년은 대뜸 사태후에게 달려들다 이내 동료들에게 붙잡힌 상태였다.

용찬은 그를 말리고 있는 일행을 보며 인상을 구겼다.

'쏜즈 길드까지 왔나 보군. 분명 하이드 길드와는 대립 관계에 있는 세력일 텐데 여기까지 왔다는 건 머더러에 대한 정보를 미리 입수했다는 건가.'

리미트리스와 쿤다를 겨냥한 판이 조금 더 커졌다. 쏜즈, 적월, 체이서까지 관련된 이상 쉽사리 파고들긴 힘들 터.

하지만 거울성에서부터 계획이 꼬여 버린 태현이 이런 상황을 예상 못 했을 리 없었다.

'물론 일부 세력들은 예상외지만 두 진영이 방해해 올 것이란 것쯤은 진작 예상하고 있었겠지. 그렇다면 슬슬 다른 패를 꺼낼 때인가.'

회귀 이전 기억을 떠올려 본다면 예상 가능한 패는 세 가지.

[강제 룰 주문서가 발동됩니다.]
[범위 내에 속한 플레이어들을 대상자로 등록합니다.]

마침 붉은 장막이 사방으로 퍼져 나갔다.

용찬은 눈앞까지 퍼져오는 장막을 보며 힐긋 미소를 지었다.

"역시 두 마리 토끼를 모두 잡겠다. 이건가."

머리는 차갑게, 가슴은 뜨겁게.

"냐아아아?"

적절히 밀려오는 고양감 속에 체셔의 영롱한 두 눈빛이 장막을 향했다.

꽃

강제 룰 주문서. 무려 유니크 등급에 달하는 하멜에 단 하나뿐인 최고급 아이템.

그런 주문서가 지금 이 자리에서 발동된 이유는 간단했다.

"다짜고짜 길드 창고까지 이용해 버리다니. 정말 뒷감당은 책임질 수 있는 거냐."

"물론이죠. 애초에 이렇게 될 줄 알고 있었습니다."

"애초에 이렇게 되면 안 되는 것 아니었나. 네놈이 거울성에서 벌인 일 때문에 사정이 어지간히 안 좋아졌어."

"이번 유적지에서 최대한 만회하도록 노력하겠습니다. 자, 우선 저분부터 진정시켜야겠군요."

태현이 나긋한 미소를 보이며 중앙으로 걸어나갔다.

'……도대체 어디서 정보가 새어나간 거지. 길드 창고에 강제 룰 주문서가 있다는 것까지 꿰뚫고 있었다니. 처음엔 그저 히든 피스와 공략에 관한 특성을 얻은 줄로만 알고 있었는데.'

유니크 아이템의 가치는 어마어마하다. 때문에 가까스로 얻어낸 강제 룰 주문서도 최대한 아껴왔던 하이드 길드였다.

의심스러운 눈길로 태현의 등 뒤를 쏘아보던 아놀드는 이내 한숨을 내쉬며 다른 쪽으로 고개를 돌렸다.

"이거 놓으십시오. 당장 저 자식을 죽여 버려야 합니다."

"너답지 않게 왜 이래. 사태후 저놈은 등급만 해도 A급이라고. 아직 네 상대가 아니야!"

"그딴 건 상관없습니다. 저 자식만큼은……."

턱.

"그쯤 하시고 뒤로 물러나 주시죠. 어차피 주문서 때문에 공격도 허용되지 않으니까요."

발버둥 치던 종호의 어깨 위로 낯선 손이 올라온다.

유독 나긋한 실눈이 돋보이는 태현.

종호를 붙잡고 있던 쏜즈와 적월의 길드원들은 경계 어린 시선으로 그를 노려봤다.

그리고 마침 곁에서 대기하고 있던 그레엄이 그의 손을 밀쳐내며 물었다.

"공격이 허용되지 않는다니. 그게 무슨 소리지?"

"슬슬 설명하려던 참이었습니다. 우선 그분부터 진정시켜 주시죠."

"어이. 내 말에 대답…… 저 개자식이!"

미처 대답도 하지 않고 홀연히 자리를 뜨는 태현. 그런 그가 찾아간 곳은 무려 네 명의 A급 랭커들이 모인 곳이었다.

"게헤헤헤. 네가 그 유태현이란 놈이냐? 실제로 보니 더 애송이 놈이었구만."

"사태후. 당신은 듣던 대로 꽤나 인기 있을 것 같은 얼굴이로군요."

"뭐? 게하하하하. 이 새끼. 이거 재밌는 놈일세."

"칭찬 감사합……."

지이이잉!

마치 물결처럼 흔들리는 공간.

정확히 태현의 눈앞까지 도달한 통파가 강제력에 의해 멈춰졌다.

[공격 가능 대상이 아닙니다.]
[강제 룰 주문서의 효과에 의해 경고가 1회 주어집니다.]

"……이건?"

대뜸 주먹을 휘두른 소희가 당황스러워했다.

주위에 있던 선일과 사태후조차 약간은 놀라워하는 눈치.

하지만 태현은 시선 따위 신경 쓰지 않고 느긋하게 소희의 통파를 밀어냈다.

"주문서가 발동된 것을 모두 확인하셨을 텐데요. 강제 룰 주문서가 발동된 이상 여러분들은 아무도 저를 공격하지 못합니다. 물론, 저도 여러분들을 공격할 수 없겠죠."

"호오. 그건 무척 신기한데. 어디 한 번……"

콰지지직!

마치 균열이 일어난 것처럼 공간이 찢어지려 했다.

엄청난 괴력을 발한 사태후는 눈앞에 뜬 경고 메시지를 보며 실실 웃었다.

"게헤헤헤. 약간 아쉬운데. 아무래도 네놈 말이 맞는 것 같구만."

아슬아슬하게 충격을 견뎌낸 강제력. 순간적으로 A급을 뛰어넘는 예상치 못한 위력에 태현이 식은땀을 흘렸다.

'만약 그 사건이 벌어지지 않았다면…… 어쩌면 하멜은 사태

후에게 집어 삼켜졌을지도 모르겠어.'

권좌에 속한 세 명조차 두 눈이 휘둥그레져 있었다.

하지만 그래 봤자 과거의 잔재일 뿐. 결국, 새로운 시대를 여는 것은 후발 주자들이었다.

"흐응. 오래간만에 보네. 반가워?"

"소희 님. 아무래도 길드원 전원 똑같은 상황인 것 같습니다."

"마스터. 저희가 보좌하겠습니다."

마침 익숙한 안면들이 속속히 중앙으로 모여들었다.

그중에선 휴먼 메트로 당시 봤던 혜림 또한 속해 있었다.

'플레이어를 죽이고 장비를 강탈할 때부터 알아봤지만 역시 머더러였나. 그 많은 집단 중에서 하필 체이서라니.'

더 이상 가볍게 여길 존재가 아니게 됐다.

태현은 사태후 곁에 착 달라붙어 있는 그녀를 보다가 이내 주문서를 들어 보였다.

"자, 현재 등록된 플레이어만 총 12,431명. 아……."

살며시 떠지는 실눈. 한층 싸늘하게 가라앉은 눈빛이 주변 일대를 관통했다.

"마침 12,432명이 되었군요. 그러면 이제 설명을 시작해 보도록 할까요?"

"공격 대상이 적절치 않다니. 이게 무슨 개소리야?"

"젠장. 시전 중이던 스킬들도 다 풀렸어."

"유니크면 대형 길드도 얼마 가지고 있지 못한 아이템이잖아. 그런 것을 여기서 썼다고?"

강제 룰 주문서의 시전자 유태현. 강제 룰 효과에 등록된 12,432명의 플레이어들.

고대 유적지를 둘러싸고 모여든 무리들은 듣도 보도 못한 경고 메시지에 당황해했다. 그리고 일찍이 주문서의 원리를 파악한 것은 체이서의 혜림이었다.

'일방적으로 적의 공격을 봉인하는 건 아니야. 밸런스를 가장 중요시하는 하멜에서 그런 효과는 있을 리 없지. 정확히 어떤 규칙들이 있는지는 모르겠지만, 자신들에게만 유리한 효과는 아닐 거야.'

리오스 진영조차 효과에서 자유롭지 못하다는 사실.

마침 중앙으로 모인 백설희와 박현도 그 사실을 알아챈 상태였다.

"강제 룰의 원리는 간단합니다. 시전자인 제가 룰을 만들고 그 룰에 따라 여러 가지 효과가 적용되는 방식이죠. 일단 간단히 전투 불가 지역으로만 만들어봤는데. 어떻습니까."

"이렇게 되면 너희도 꼼짝달싹 못 하는 것은 마찬가지일 텐데? 주문서의 효과가 언제까지인 줄 알고?"

"아, 강제 룰 주문서는 특별하게 지속 시간이 없습니다."

"뭐?"

태현의 손짓에 혜림의 얼굴이 보기 좋게 구겨졌다.

"정해진 규칙과 목표가 끝나지 않는 이상 효과는 절대 사라지지 않죠. 그럼 간단히 규칙을 추가시켜 볼까요?"

강제 룰 주문서는, 등록된 모든 플레이어들에게 효과를 적용시킨다.

현재 적용된 규칙은 필드 전체를 전투 불가 지역으로 만드는 것. 그리고 지금 태현이 추가시키려는 규칙은 고대 유적지에 관한 문제였다.

[2. C급, D급 플레이어들은 무조건 파이칸 고대 유적지에 입장한다.]

[3. 파이칸 고대 유적지 클리어 시 자동으로 강제 룰 주문서 효과가 사라진다.]

[4. 파이칸 고대 유적지가 클리어되기 전까지 등록된 플레이어들은 필드를 벗어나지 못한다.]

새로 추가된 규칙에 무리들 사이로 만감이 교차했다.

'진영 상관없이 플레이어들을 강제로 입장시킨다니. 이러면

오히려 놈에게 놀아나는 꼴이잖아.'

'클리어되기 직전까지 우리들의 발을 묶어두려는 심산이야.
역시 그만큼 고대 유적지가 중요하다는 건가.'

'우선 강제 룰의 효과부터 파훼시켜야 해. 이런 밑도 끝도 없
는 효과에 약점이 없을 리 없어.'

일부 플레이어들은 효과에서 벗어나기 위해 갖가지 방법을
시도했지만 당장 스킬이 봉인된 마당에 할 수 있는 것은 거의
없었다.

결국 태현의 술수에 걸려 이도 저도 못 하게 된 상황. 정작
그를 앞에 두고 가만히 바라만 봐야 한다는 사실에 소희는 절
로 이가 갈렸다.

"자, 다들 확인은 하셨겠지요? 각자 불만을 가지고 계시겠지
만, 저희 진영도 예외는 아니란 점을 알아주시길 바랍니다. 어
떤 규칙이든 공정한 법이니까 말이죠. 그러면……."

"잠깐. 진짜 공정한 룰이라면 우리도 발언권은 있는 거 아닐
까나."

"……아, 발언권 말씀이시군요."

"맞잖아. 아무리 네가 시전자라고 해도 규칙을 만드는 거 자
체가 너무 일방적인 거 아냐?"

혜림이 규칙에 대해 넘겨짚자 태현의 얼굴이 빠르게 굳어갔다.

'정말이지. 성가신 여자야.'

군이 따지자면 시전자가 규칙을 만드는 것 자체가 공정한 것은 아니었다.

오히려 공정하게 룰을 짠다면 등록된 플레이어들의 모든 의견을 들으며 규칙을 정해야 하는 것이 정상이었다.

강제 룰을 통해 시전자가 만들 수 있는 규칙은 네 개. 하지만 만약 효과에 걸린 플레이어들이 의견을 제시하게 되면 그들이 새로운 두 개의 규칙을 추가로 정할 수 있었다.

때문에 그런 점을 염두에 두어 네 개의 규칙을 정한 채 빠르게 상황을 진행하려 했건만. 혜림의 지적으로 인해 거의 넘어가려던 판이 다시 돌아와 버렸다.

"어머. 갑자기 왜 이렇게 조용해지셨대. 혹시 내가 정곡이라도 찌른 거야?"

"······."

주변 플레이어들이 웅성거리기 시작한다.

리오스 진영에게 유리하던 상황을 다시금 뒤집은 혜림. 그런 그녀의 매혹적인 미소 속에서 묘한 눈빛이 중앙을 향하고 있었다.

'강제 룰의 비밀을 이리도 빠르게 꿰뚫어 볼 줄이야. 그때 제

거하지 못한 게 아쉽긴 하지만 그래도 저 여자 덕분에 원하던 분위기로 흘러가는군.'

네 가지 규칙을 통해 플레이어들의 발을 묶고 C급 및 D급 플레이어들을 유적지로 끌어들인다.

분명 태현이 노린 점은 이것일 것이다. 하지만 밸런스를 중시하는 하멜에서 강제 룰 주문서는 완벽할 수 없었다.

사실상 규칙은 여섯 가지로 한정되어 있고 오직 시전자만이 규칙을 정할 수 있는 게 아니다 보니, 등록된 플레이어들도 제각기 의견을 낼 수 있는 것이다.

'자연스럽게 상황을 넘기려 했겠지만 안타깝게 됐어.'

위르겐을 역소환시키고 강제 룰 범위로 들어섰던 용찬은 살며시 입꼬리를 말아 올렸다.

슬슬 의견을 밝히기 시작하는 플레이어들 사이로 차례차례 정해지는 규칙.

"그래. 무엇보다 귀환이 제일 문제야. 유적지 내부 페널티가 무엇인지는 모르겠지만 우선적으로 귀환부터 금지시켜."

"아, 맞아. 저 자식들. 거울성에서도 특이한 소환 스킬을 썼었지. 아예 소환계 스킬 금지도 규칙에 넣어!"

서로 소속은 달랐지만 대충 의견은 모아지고 있었다.

[5. 고대 유적지가 클리어되기 전까지 귀환을 금지시킨다.]

[6. 고대 유적지가 클리어되기 전까지 소환계 스킬의 사용을 금지시킨다.]

결국 최종 결론이 이렇게 나자 태현의 손에 쥐어져 있던 주문서도 빛처럼 사라졌다.

"게헤헤헤. 우리 백련이가 또 한 건 해내는구만. 사혁아. 너도 좀 보고 배워라."

"지랄하고 자빠졌네. 이렇게 되면 우리는 손만 쪽쪽 빨면서 클리어될 때까지 기다려야 한다고. 이 양반아."

"뭣. 정말이냐?"

회귀 이전 시절부터 무식하기로 소문이 났던 사태후. 여기에 속한 하이 랭커들 사이에서 가장 경계해야 할 대상이지만, 다행스럽게도 B급 이상 플레이어들은 유적지로 입장이 불가능했다.

오히려 주의해야 할 인물이라면.

"어머. 걱정 마세요. 유적지만 빠르게 공략하면 이 강제 룰 효과도 풀릴 테니까요."

가증스러운 얼굴로 사태후에게 달라붙는 혜림일 것이다.

'차혜림뿐만이 아니지. 유태현과 함께 다니는 놈들과 적월 길드의 이종호, 펄션 길드와 디어스 길드까지 생각하면 꽤 만만치 않아. 여기선 일단 저쪽으로 붙는 수밖에.'

천천히 대상 플레이어들을 훑어보던 용찬이 손등의 문신을 내려다봤다.

귀환과 이동을 몇 차례 반복하며 시도한 끝에 소속된 쿤다 진영. 깊게 눌러쓴 후드와 전신 로브로 인상착의까지 감추었으니 모든 준비는 끝났다고 봐야 했다.

"냐아아앙, 주인. 기분 나쁜 기운들이 느껴진다."

"……기분 나쁜 기운?"

"저놈들에게서 느껴진다. 냐옹!"

어깨 위에 앉아 있던 체셔가 털을 쭈뼛 세우며 경계했다.

평소답지 않게 화를 억누르지 못하고 있는 종호와 그를 말리는 적월 길드원들. 어둠의 정령인 만큼 성기사들과 성직자들에게 두려움을 품는 것은 당연했다.

하지만 어찌 된 것일까.

오들오들 몸을 떨던 체셔의 눈빛이 중앙을 향했다.

'음? 저들 중에선 신성력과 관련된 놈들은 없을 텐데?'

잠시 의문을 가지던 용찬에게로 빛줄기가 쏟아졌다.

[파이칸 고대 유적지로 입장합니다.]

마침내 시작된 강제 룰의 효과. C급, D급 플레이어들이 모두 빛줄기에 삼켜지고 있었다.

그리고 얼마 되지 않아 눈앞으로 드러난 유적지 내부. 빛줄기가 사라지고 감긴 눈을 뜬 플레이어들이 속속히 주위를 둘러보기 시작했다.

"뭐, 뭐야. 이번 유적지는 미래 배경인가. 입구부터 기계들이 널려 있네."

"일단 인원 구성은 소속대로 나누어진 것 같은데. 도대체 어떤 구조로 이루어져 있는 거래."

"각자 주변부터 철저히 경계해. 어디서 몬스터들이 튀어나올지 모르니까."

최첨단 기계 설비로 이루어진 방 안에서 펄션 길드원들이 주변을 수색하기 시작했다.

'우선 주문서부터.'

아직 눈에 띄지 않았던 용찬이 잽싸게 주문서 두 장을 찢었다.

[정보 조작 주문서가 발동됩니다.]
[마력 차단 주문서가 발동됩니다.]

미리 더 페이서 상단을 통해 준비해 둔 몇 가지 아이템들. 그중에서 두 가지 주문서를 통해 나름의 대비를 갖추었다.

"어라. 저 자식은?"

'이제 눈치챘나 보군.'

소속 길드 외 다른 인물이 보이자 금세 시선이 몰리는 것은 당연했다.

하지만 그것도 잠시.

"너는 그때 거울성에서 봤던 놈이로군."

길드의 대표 간부인 박혁이 경계 어린 시선으로 천천히 다가왔다.

"여기까지 어쩐 일이지. 아니, 그것보단 정체가 뭐냐. 거울성에서도 그렇고 지금 여기서 네가 나타나는 것도 그렇고. 무슨 목적으로 접근한 거지?"

"한 번에 여러 질문을 던지면 대답하기 곤란한데 말이지."

"바로 대답하는 게 좋을 거다. 그때 네 도움을 잊은 것은 아니지만 이건 그런 것을 떠나서 신뢰의 문제야."

허공에서 충돌하는 강렬한 시선.

그 순간, 둘 사이로 레버튼이 난입해 왔다.

"자, 잠깐만요. 얘한테 위치를 알려준 것은 저입니다. 그러니까……."

"길드 소속도 아닌 자에게 위치를 알려줬다고?"

"히이이익!"

험악해진 박혁의 인상에 레버튼이 지레 질겁하며 몸을 떨었다.

파이칸 고대 유적지의 위치는 일부 대형 길드에서만 관리하고 있는 상급 정보. 그런 정보를 신입 길드원이 남에게 알려준

셈이니 어처구니가 없는 것은 당연했다. 다만, 안타깝게도 여기서 책임이나 따지고 있을 상황이 아니었다.

"하아. 어쩔 수 없지. 일단 네놈도 합류해라. 그나마 저놈보다는 도움이 되겠지."

"현명한 선택이군."

"허튼수작 부릴 생각은 추호도 하지 마라. 내가 항상 지켜볼 테니까."

몇 차례 경고까지 주고 나서야 등을 돌리는 박혁이었다.

그제야 레버튼은 안도의 한숨을 내쉬며 곁으로 바짝 달라붙었다.

"너, 너 여기까지 온다는 소리는 안 했잖아!"

"유적지에 관심이 있는 것은 누구나 다 마찬가지 아닌가. 그리고 좀 떨어져라. 기분 나쁘니까."

"으아. 너 때문에 나는 죽었다. 여기서 빠져나가면 난 그대로 퇴출되고 말 거야."

"설마 퇴출을 걱정하고 있는 거였나?"

"어, 어?"

순간 당황하는 그의 눈빛이 보인다.

영문을 모르겠다는 순진한 표정.

[섹터 A로 입장했습니다.]

[안드로이드 X-E21이 가동하기 시작합니다.]

하지만 그런 의문도 방으로 들어서자 금방 사라졌다.

치직. 치지직!

마치 왕좌에 앉은 위엄 있는 왕처럼 모습을 드러낸 기계 인간. 그리고 방 안을 가득 메우는 소형 로봇들까지.

"어어어어?"

한눈에 다 들어오지도 않는 엄청난 숫자에 레버튼의 입이 떡 벌어졌다.

"우선 네 목숨부터 걱정하는 게 좋을 거다."

전기가 켜지듯 천천히 불이 들어오는 로봇들의 몸체.

용찬은 전투태세를 갖추는 길드원을 보며 머플러를 매만졌다.

"이런 빌어먹을. 모두 전투 준비!"

"저 큰 로봇은 도대체 뭐야. 시작부터 C급 히어로라니?"

"뭐하는 거야. 얼른 버프부터 시전해!"

시작부터 최악의 난이도를 선사하는 고대 유적지였다.

◀ 39장 ▶
파이칸 고대 유적지

일명 로보틱스 팩토리라고 이름 붙여진 고대 유적지.

이름에 걸맞게 최첨단 미래를 배경으로 한 내부 구조는 엄청난 난이도를 자랑하며 입장한 플레이어들을 모두 경악게 만들었다.

첫 공략을 시도한 타이탄 길드가 전멸한 것도 어찌 보면 당연한 결과였을 터.

[안드로이드 X-E21]

[등급:C(히어로)]

[상태:풀 차지]

각 파츠에 연결된 전선으로 전력을 공급받던 준보스가 마침내 자리에서 일어났다.

"오, 온다. 다들 속박부터 걸어!"

간부 한 명의 외침과 함께 상태 이상 마법들이 쏟아졌다.

[X-E21이 상태 이상 효과에 저항했습니다.]

파츠에 닿자마자 무효화되는 스킬들.

쓸데없이 마력을 낭비하게 된 마법사들은 당황해했고, 그사이 소형 로봇들이 근접형 플레이어들에게로 돌진했다.

"크윽. 이 자식들 전부 D급 몬스터 수준이야. 조심해!"

"몸이 단단해서 칼이 안 박혀. 차라리 둔기로 후려치는 게 효과적이겠어!"

"그래도 저 거대한 놈과 달리 상태 이상 효과가 통해. 침착히 거리부터 벌려!"

온갖 버프로 무장한 길드원들이 침착히 진형을 갖추고 상대하기 시작했다. 그리고 그에 맞춰 선두에서 조금씩 뒤로 물러나는 방패병들.

레버튼 또한 그중 한 명이었고 비교적 방패술을 잘 활용하며 파티를 지탱해 주고 있었다.

'그만한 정보를 가르쳐 줬는데 달라지지 않는다면 그게 문제

겠지.'

쿤다 진영의 메인 탱커였던 자답게 적응력은 남달랐다.

"삐리삐리!"

"으, 으아. 저리 가!"

물론 허둥지둥거리는 모습은 그대로였지만 말이다.

그렇게 선두가 유지되는 것을 확인한 용찬은 간부들과 함께
X-E21에게로 달려갔다.

[X-E21의 초고열 레이저가 발동됩니다.]

[마력 결계가 발동됩니다.]

[마력 결계가 발동됩니다.]

X-E21의 양팔에서 발사되는 붉은색 레이저.

마법사들이 시전한 수십 겹의 마력 결계로 간신히 막아내
긴 했지만, 여파가 상당했다.

검을 치켜든 박혁은 인상을 찌푸리며 놈의 몸을 살폈다.

"빠르게 처리하지 못하면 피해가 속출하겠군. 우선 하체부
터 노린다!"

지시가 떨어지자마자 간부들이 다리 사이로 파고들었다.

요령껏 스킬을 시전하며 타격을 입히는 근접형 플레이어들.

하지만 미처 떨쳐내지 못한 소형 로봇들이 방해하기 시작하

자 그마저도 힘들어졌다.

"냐아아아!"

기의 파동이 발동되기도 전에 부메랑처럼 몸을 던지는 체서. 마침 뒤로 덤벼들던 소형 로봇이 균형을 잃고 바닥으로 자빠졌다.

"칭찬해라. 주인. 내가 보이드로 한 명을 쓰러트렸……."

콰직!

다시 일어서 반격하려던 소형 로봇의 머리통이 단숨에 함몰된다.

"쓰러트린 게 아니라 넘어트린 거겠지."

"……냐아아아."

정곡을 찌르는 용찬의 말에 정령의 자존심이 보란 듯이 구겨졌다. 하지만 체서가 시무룩해하거나 말거나 용찬은 한창 전투에 집중해 있었다.

[전력 방출이 발동됩니다.]

[전기 쇼크가 발동됩니다.]

[라이트닝 퓨처가 발동됩니다.]

주로 뇌속성 스킬들을 시전해 기절 효과를 안기는 소형 로봇들.

마침 방출된 전력에 저항하고 있던 박혁의 앞으로 용찬이 끼어들었다.

[뇌전의 기운이 발동됩니다.]
[뇌 속성력이 상승했습니다.]

전력들이 마치 스펀지처럼 몸으로 스며들어 간다.

"이, 이젠 적의 스킬도 흡수하는 거냐?"

"특성의 일부지."

"……허어, 도대체가."

"그렇게 멍하니 있을 때가 아닐 텐데?"

용찬의 말에 절로 고개가 돌아갔다.

다시 한번 레이저를 발동하려고 하는 X-E21.

"이런. 마력 결계를 준비해!"

"아, 아직 재사용 대기 시간입니다!"

"뭣?"

발에 불똥 떨어진 듯 다급해하는 마법사들의 모습에 박혁의 인상이 구겨졌다.

점점 준보스의 양손으로 모아지는 초고열 에너지. 방 안 전체를 가득 메우는 열기에 방패병들의 얼굴이 절망으로 가득해졌다.

"쯧. 어쩔 수 없지. 그렇게 멍하니 있지 말고 따라와라."

"뭘 어떻게 하려고 그러는 거냐?"

"어떻게라니."

파지지직!

전신으로 활성화되는 뇌전의 갑옷.

"바로 이렇게!"

미리 어깨로 뇌전을 끌어모으던 용찬이 놈의 다리로 몸을 던졌다.

콰앙!

다리를 통해 전달된 충격에 X-E21의 몸이 살짝 흔들린다. 비록 완전히 스킬을 끊은 것은 아니었지만, 일시적으로 모이던 에너지가 멈췄다.

"캐, 캐스팅 속도를 줄일 수 있는 건가?"

"알아챘으면 얼른 도와!"

"조, 좋아. 다들 왼쪽 다리부터 공격해!"

무작정 마력 결계를 기다리던 간부들이 다시금 달려들었다.

일정 수준 이상의 타격에만 반응해 느려지는 캐스팅 속도.

'이렇게만 하면 마력 결계가 시전될 때까지 시간을 벌 수 있어!'

박혁은 아예 소형 로봇을 맡을 길드원들을 따로 배치시키며 왼쪽 다리를 집중적으로 노렸다. 그리고 간당간당하게 발동된 마력 결계가 레이저를 막아내자 방패병들이 안도의 한숨을 내쉬었다.

"이런 패턴으로 공략하는 거였군. 다들 최대한 기력과 마력을 아껴라. 저놈이 스킬을 시전할 때 한 번에 몰아친다!"

"예. 알겠습니다!"

"우선 소형 로봇들부터 처리해라!"

일정 시간마다 발동되는 초고열 레이저. 재사용 대기 시간이 정해져 있는 마법사들의 마력 결계.

그 속에서 패턴을 눈치챈 박혁의 지시가 떨어지자 본격적으로 준보스 공략이 시작됐다.

'그래도 대형 길드의 간부장답게 눈치 하나는 빠르군. 그럼 이제 적당한 때에 맞춰 아이템을 노려볼까.'

일사불란하게 움직이는 길드원들 사이로 용찬의 눈빛이 묘하게 일렁이고 있었다.

그 시각, 첫 번째 방으로 진입한 리오스 진영.

적월 길드와 타이탄 길드로 이루어진 무리 앞에 수백 마리의 소형 로봇들이 나타났다.

"호오. 시작부터 장난이 아닌데?"

"느긋이 감상하고 계실 때가 아닐 텐데요."

"뭐, 어때. 소형 로봇들은 고작해야 D급인데. 오히려 신경 쓰이는 놈은 저놈이겠지."

유이치가 날카로운 눈빛으로 거대 로봇을 가리켰다.

평소 장난기 가득한 유이치의 성격이었지만 이번만큼은 동현도 그의 의견에 절실하게 동의했다.

"어쩌시겠습니까. 태현 님?"

"흐음. 저희야 원래 하던 대로 하면 되겠지만 역시 저쪽이 문제겠지요?"

심기 불편한 얼굴로 뒤따라오던 종호가 멈칫거린다. 뒤늦게 태현과 눈이 마주친 그는 잠시 안경테를 만지작거리더니 이내 버프 스킬들을 시전했다.

차례대로 진형을 갖추며 전투태세를 취하는 적월 길드원들.

그제야 태현도 의미를 알아채고 싱긋 미소를 지었다.

"뭐, 가만히 구경만 하지는 않을 것 같군요. 그러면 시작해 보도록 하죠."

질서정연하게 대열을 갖춘 방패병들이 앞으로 나선다. 무려 대형 길드의 지원을 받으며 성장한 타이탄 길드원들이다.

"아둔 님과 유이치 님은 각각 근접형 플레이어들을 이끌고 좌우를 맡아주십시오. 동현 님은 평소대로 원거리형 플레이어들의 지휘를. 그리고 레이 님은 후방에서 궁수들과 함께 방패병들을 지원해 주시면 될 것 같습니다."

정석적인 부대 배치 끝에 나누어지는 인원.

"잠깐. 그러면 너는?"

"……저야 늘 그렇듯이."

어김없이 참견하는 레이의 물음에 태현의 신형이 검게 물들었다.

"자유로운 포지션이죠."

때마침 커다란 충격에 방 안이 요동쳤다. 그 틈을 타 완전히 그림자 속으로 몸을 숨긴 태현은 천천히 걸어오는 X-E21을 보며 잠시 고민했다.

'가장 정석적인 공략법은 레이저를 시전할 때마다 피해를 누적시키는 것이겠지만 지금은 그럴 필요가 없겠지. 무엇보다 성직자 위주로 이루어진 적월 길드도 있으니까.'

적당히 계기만 만들어주면 알아서 따라올 그들이다. 특히 종호는 회귀 이전 시절부터 뛰어난 인재로 평가받던 자.

[X-E21의 초고열 레이저가 발동됩니다.]

마침 X-E21의 양손에 어마어마한 에너지가 모이기 시작했다.

"이런. 얼른 마력 결계를 준비하……."

-아뇨. 어차피 놈의 양손은 적월 길드를 향해 있습니다. 저희는 가만히 있어도 됩니다.

"······진심이십니까?"

-물론이죠.

태현의 지시에 마력 결계를 시전하려던 동현이 잠시 동요했다.

그사이, 소형 로봇을 막아내던 성기사들이 뜨거운 열기를 알아챈 것인지 잽싸게 고개를 돌렸다.

"저건 또 무슨 기술이야?"

"SF 배경이란 것은 알고 있었지만, 레이저까지 쏘냐?"

"길드장님. 준보스의 스킬인 것 같습니다!"

위기일발의 상황 속에서 빠르게 굴러가는 눈동자.

길드원들의 보고에 종호가 급히 타이탄 길드 쪽을 쳐다봤다.

'각자 알아서 맡자는 건가. 마음에 안 드는 녀석.'

서로 다른 성향으로 인해 진영 내에서도 반대파에 속하는 세력이다. 머더러 때문에 무작정 따라나선 원정이기에 이런 상황쯤은 어느 정도 예상하고 있던 종호였다.

그는 사태후로 인해 흥분한 감정을 추스르며 성직자들에게 지시를 내렸다.

"성스러운 십자가 준비."

"옛!"

마력이 아닌 신성력을 통해 스킬을 시전하는 성직자와 성기사들. 특히 보호 계열로 뛰어난 효과를 가지고 있는 것을 증명하듯 정면에 형성된 황금 십자가가 레이저를 완벽히 막아내고 있었다.

　그리고 그 광경을 지켜보던 태현과 종호의 눈빛이 순간적으로 마주쳤다.

　'역시 세 번째 방까지는 충분히 도움이 되겠어.'

　'무엇을 노리고 그런 규칙을 정한 것인지는 모르겠지만, 한동안은 지켜봐 주지.'

　쿠웅!

　거대한 로봇의 몸이 기울어진다.

　집중적으로 화력을 집중한 끝에 박살이 난 왼쪽 다리.

　마침내 X-E21의 상체가 아래로 내려오자 간부들은 기회를 놓치지 않고 잽싸게 달려들었다.

　"이제 소형 로봇들도 얼마 없어. 빠르게 끝내 버려!"

　"하아. 이제 제발 좀 뒤져라!"

　"좋아. 슬슬 움직임이 더뎌지고 있어. 이대로…… 어, 어?"

　거의 금이 가기 직전이던 로봇의 미간으로 뇌전이 작렬했다.

[안드로이드 X-E21을 처치했습니다.]
[마지막으로 타격을 준 플레이어에게 보상이 지급됩니다.]

미처 당황할 틈도 없이 소멸되는 X-E21.

한창 열심히 스킬을 시전하던 길드원들은 허무한 표정으로 고개를 돌렸다.

"무엇을 그렇게 보는 거지?"

뇌전을 회수하던 용찬이 불쾌하다는 눈빛으로 인상을 구긴다.

과연 자신이 무슨 짓을 한 것인지는 알고나 있을까.

간부들은 눈앞에 뜬 메시지를 보며 대번 따지고 들었다.

"아, 아니. 막타를 뺏어가는 게 어디 있어?"

"막타? 웃기지 않은 소리. 그냥 타이밍 좋게 마무리된 거다."

"넌 우리 길드원도 아니잖아!"

"그게 보상과 무슨 상관이지. 그리고 애초에 보상 지급 방식에 대해 모르던 것은 서로 피차일반이었을 텐데?"

"그, 그건 맞긴 하지만. 아무튼, 네놈만 보상을 독식하는 것은 좀 아니잖아!"

서서히 방 안 분위기가 험악해진다.

마침 소형 로봇들을 마무리하고 온 다른 길드원들도 인상을 구기며 용찬을 노려봤다.

하지만 그것도 잠시.

"지금 다들 뭐 하고 있는 거냐."

펼션 길드의 간부장이던 박혁이 난입하자 금세 시선이 그에게로 쏠렸다.

"아니, 이건 좀 아니지 않습니까."

"아니긴 뭐가 아니란 거냐. 서로 보상 지급 방식을 모르는 것은 똑같았지 않나?"

"그, 그래도!"

"괜한 욕심 부리지 말고 그만해라. 우리 길드원이 아니더라도 저자가 도움을 줬다는 것은 달라지지 않으니까."

박혁의 매서운 눈빛에 대들던 길드원이 움찔거렸다.

"그리고 두 번째 준보스의 스킬이 시전되던 순간 가장 먼저 달려든 것도 저자다. 전체적으로만 봐도 가장 활약한 사람은 바로 저자일 텐데?"

"……."

"쓸데없이 보상에 미련 가지지 마라. 지금 우리에겐 고대 유적지 공략이 우선이다."

다시금 초점이 파이칸 고대 유적지로 돌아온다.

보상 관련 문제로 말뚝을 박아버린 박혁은 잠시 용찬을 쳐다보다 이내 등을 돌렸다. 그제야 길드원들도 정비를 갖추며 다음 방을 준비하기 시작했고, 용찬은 그 틈을 통해 멀리서 인벤토리를 확인했다.

[제타니안 기계 부품×5]

[하몰란 금속×3]
[고성능 레이더]

무려 레어급에 달하는 제작 재료들과 상당한 범위를 자랑하는 감지계 아이템.

'저놈들은 모르겠지. 여기가 레어급 재료 아이템을 모을 수 있는 노다지란 것을.'

소형 로봇을 처치해 나온 하급 부품들도 사실상 제작 아이템이나 다름없었다.

잭 펠터를 떠올리던 용찬은 만족스러운 결과물에 입가를 말아 올리며 포션을 꺼냈다.

"냐아아아. 나도 목마르다. 주인."

"너한테 줄 포션 따위 없어."

"너무 하다. 주인!"

"쯧. 도움도 안 되는……."

띠링!

체셔를 밀어내고 포션을 마시려던 순간 나타난 메시지.

[뇌 속성력의 숙련도가 한계에 도달했습니다.]
[새로운 스킬을 터득했습니다.]

꾸준히 로봇들의 전력을 흡수한 탓일까.

드랍 아이템뿐만 아니라 또 다른 보상도 함께 찾아왔다.

'어둠의 속성력 때처럼 정령과는 계약되지 않는 건가?'

잠시 의문을 가지던 용찬은 먼저 스킬창부터 확인했다.

"……이건?"

⁂

삐삐삐!

요란한 기계음과 함께 수십 개의 화면이 뒤바뀐다.

최첨단 기기들로 구성된 중앙 관리실. 로보틱스 팩토리의 대부분을 관리한다고 봐도 과언이 아닌 그런 장소에 긴 다리를 가진 소형 로봇이 들어왔다.

"침입자 놈들. 끝내 이곳을 발견할 줄이야."

고대 유적지로 위장해 지내온 세월만 몇 년이던가. 처음 하멜로 이동됐을 때만 해도 어떻게든 팩토리의 진실을 숨기려 애를 썼건만.

이렇게 또다시 침입자들에 의해 위기가 닥쳐왔다.

-코멜 님. 침입자들이 섹터 B 구역에 진입했습니다.

"무슨. 벌써 X-E21을 처치한 놈들이 있다고?"

-확인한 결과, 리오스 진영과 쿤다 진영입니다.

팩토리의 모든 시설을 관리하고 있는 자아 인공지능 '리우스'가 보고해 왔다.

몇 년간 주변 일대를 조사하며 얻어낸 플레이어들의 정보.

사실상 밀림 지대가 개척되자마자 가장 먼저 그들이 들이닥칠 것이란 것은 어느 정도 예상하고 있었지만, 세 개의 진영이 동시에 침입할 줄은 꿈에도 몰랐던 코멜이었다.

'게다가 붉은 문신을 한 저놈들도 예사 놈들은 아니지. 크응, X-E21이 이리도 빠르게 당해 버릴 줄이야. 좀 더 경보 단계를 높여야겠어.'

화면 속 체이서 집단을 주시하던 코멜이 자판 위의 적색 버튼을 눌렀다.

[경보 발령 2단계를 실행합니다.]

"크크큭. 아무리 플레이어들이라도 2단계가 실행된 이상 살아남지 못할 테지."

-크크크큭

"……리우스. 내가 누차 말했을 텐데."

-무슨 뜻인지 이해 못 하겠습니다.

오늘따라 유독 짓궂게 구는 리우스의 태도에 기계 팔이 매섭게 흔들거렸다.

"내 말 따라 하지 말라고!"

─······.

"하아. 됐어. 이제 아무래도 좋아. 이번 침입만 잘 막아내면 슬슬 계획을 준비해도 되겠지."

문득 유리판에 비친 자신의 모습이 시야에 들어온다.

강제적으로 기계에 뇌를 이식해 생명을 연명하고 있는 볼품없는 꼴. 그나마 인간의 형태를 본떠 팔과 다리를 만들어내긴 했지만, 인공적인 존재란 것은 달라지지 않았다.

하지만 이런 생활도 계획만 실행된다면 금방 끝날 터. 그걸 위해선 팩토리로 침입한 플레이어들부터 어떻게든 처리해야 했다.

[섹터 B 구역의 안드로이드들이 작동합니다.]
[섹터 B 구역의 함정들이 가동됩니다.]
[섹터 B 구역의 방어 장치가 가동됩니다.]

마침 경보 2단계가 발령된 방 안으로 두 무리가 진입했다.

섹터 B는 방 내부 전체로 톱니바퀴들이 오가는 위험천만한 구역.

"그래. 여기서부턴 무작정 안드로이드만 처리하고 지나갈 수 없다고. 온갖 함정들과 장치들이 너희를……."

하지만 미처 말이 끝나기가 무섭게 화면 속 두 명의 인간이 톱니바퀴들 속으로 몸을 던졌다.

마치 모든 패턴을 꿰뚫고 있는 것처럼 자연스럽게 바퀴들을 피해내는 동작들.

[톱니바퀴 함정의 작동이 정지됩니다.]
[안드로이드 X-E20의 작동이 정지됩니다.]
[고열 방벽 방어 수단의 작동이 정지됩니다.]

연달아 다른 장치들까지 작동이 멈추자 뒤따라 코멜의 경악성도 짙어졌다.

"뭐, 뭐야 이 자식들. 어떻게 섹터의 구조들을 다 알고 있는 거야?"

하멜의 시스템이 적용되어 강제로 파훼법이 생겨난 팩토리였지만, 약간의 피해도 주지 못하고 너무 허무하게 클리어되는 섹터 B였다.

눈 깜짝할 새에 섹터 C로 진입하는 두 무리.

잠시 넋을 놓고 화면을 바라보고 있던 코멜이 뒤늦게 정신을 차렸다.

"아. 아니, 아니지. 파이칸 고대 유적지는 난이도만 해도 무려 A급이라고. 이건 맛보기에 불과해!"

아직 경보 발령 3단계도 발동되지 않은 상태였다.

하지만.

[리오스 진영이 섹터 C를 돌파했습니다.]

[쿤다 진영이 섹터 C를 돌파했습니다.]

[리오스 진영이 섹터 D를 돌파…….]

갈수록 닥쳐오는 난관들 속에서도 두 플레이어의 활약은 끊이질 않았다.

매번 가장 먼저 나서서 피해를 최소화시키고, 숨겨진 사각 지대를 꿰뚫어 미리 장치들을 무력화시키는 수법들.

물론 대형 안드로이드의 위력적인 스킬에 백 단위로 사망자들이 늘어가고 있긴 했지만, 예상을 뛰어넘는 클리어 속도였다.

"벌써 섹터 D라니. 말도 안 돼!"

-어떻게 하시겠습니까?

"이대로 놔두면 안 돼. 경보 발령을 3단계로 올려. 당장!"

결국 코멜은 기계 팔을 부들부들 떨며 마지막 수를 꺼내 들었다.

[경보 발령 3단계를 실행합니다.]

[숨겨진 공장의 문이 개봉됩니다.]

[개조 안드로이드가 작동하기 시작합니다.]

다시금 한계를 뛰어넘는 고도의 과학 기술.

검게 물든 화면 속으로 붉은 안광들이 형형히 채워지며 새로운 위기를 알려오고 있었다.

거울성을 공략하면서 보다 새로워진 기술들.

[일점 격발이 발동됩니다.]
[필리모터의 효과가 발동됩니다.]

가장 먼저 필리모터를 통해 강화된 스킬 관통력이었다.

타앙!

일렬로 늘어서 있던 안드로이드들이 동시에 타격을 입는다.

용찬은 거기서 멈추지 않고 뇌신장을 사용해 선두의 적을 쓰러트리며 달려오던 안드로이드에게로 쇠사슬을 던졌다.

[어둠의 쇠사슬이 발동됩니다.]
[안드로이드 X-E14가 속박에 걸립니다.]

꼼짝 못 하고 쇠사슬에 묶인 X-E14.

"요, 용찬아. 여기도 좀 도와줘!"

"말만 하지 말고 직접 좀 막아봐라."

"끄악. 몰려오는 숫자가 장난이 아니란 말야!"

"쯧. 체셔."

말하기가 무섭게 어깨 위에 있던 체셔가 뭉게구름처럼 형태를 변화했다.

[체셔의 기체화가 발동됩니다.]

[범위 내에 있는 X-E14에게 지속적인 피해를 줍니다.]

레버튼에게 매달려 있던 안드로이드들이 움찔거리기 시작한다. 비록 자체적인 피해는 미약했지만, 효과는 있는 것인지놈들의 동작이 느려지는 것이 확연히 보였다.

[안드로이드 X-E14의 EMP가 발동됩니다.]

[페레스의 망토 효과가 발동됩니다.]

[스킬 방해 효과를 저항합니다.]

뒤늦게 안드로이드 한 마리가 기체화를 풀어내려 했지만,

그마저도 망토의 효과 때문에 가로막혔다.

"끄하. 사, 살았다!"

"죽기 싫으면 뒤로 물러나라."

"응?"

파지지직!

적들이 한곳에 뭉쳐 있는 적절한 순간에 맞춰 뇌전이 격렬히 몰아쳤다.

"냐아아아!"

속마음을 읽기라도 한 것일까.

기체화되어 있던 체서까지 볼버의 흑수로 다크 인챈트 되면서 요동치던 뇌전이 검게 물들었다.

[라이트닝 볼텍스가 발동됩니다.]

콰콰콰쾅!

위력만 따지면 이미 B급에 속해 있는 광역 속성력 스킬.

거침없이 내리치는 천둥 벼락들 속에서 안드로이드의 몸이 산산조각 나기 시작했다.

'……볼 때마다 느끼는 거지만 정말 C급 플레이어 맞긴 한 거야?'

멍하니 그 광경을 지켜보고 있던 레버튼이 마른 침을 삼켰다.

그사이 용찬은 소멸된 놈들의 자리로 가서 드랍된 재료 아이템을 주우며 전투를 마무리했고, 마침 반대편의 길드원들도 안드로이드를 전부 해치운 것인지 천천히 휴식을 취하기 시작했다.

[섹터 D 구역을 클리어했습니다.]

굳게 닫혀 있던 정문이 열리기 시작한다.

다시금 눈앞에 드러나는 다음 구역의 통로.

저벅저벅.

그 순간, 잠시 몸을 추스르고 있던 용찬에게로 박혁이 걸어왔다.

"무슨 볼일이지?"

"……"

"꽤 표정이 심각해 보이는데."

"……그땐 경황이 없어서 묻지 못했지만 더는 안 되겠어."

자연스럽게 칼 손잡이로 향하는 오른손. 뒤에 있던 간부들도 심상치 않은 표정으로 각자 무기를 들었다.

"C급 플레이어라고 생각되지 않는 무력, 거울성에서 받았던 숨겨진 퀘스트. 그리고 지금껏 보인 고대 유적지의 활약상들까지. 도저히 이해가 안 되어서 말이지."

"그래서?"

"이렇게까지 하고 싶지 않지만 납득할 만한 대답을 듣고 싶군. 도대체 네놈의 정체가 뭐냐. 우리 진영에서 너 같은 무투가는 들어본 적도 없어."

서서히 펄션 길드원들이 용찬을 둘러싸기 시작했다.

갑자기 태도가 돌변한 박혁의 모습에 레버튼은 손을 오들오들 떨며 안절부절못했다.

그리고 후방에 있던 플레이어 한 명이 주문서를 찢는 순간 감지계 효과가 발동됐다.

[마력 차단 주문서가 발동 중입니다.]
[간파 실패!]

"역시 정보를 숨기고 있었군."

박혁이 예리한 눈초리로 용찬을 쏘아봤다.

'결국 여기까지인 건가. 어쩔 수 없지.'

슬슬 디텍터들이 마력 차단 효과를 뚫기 위해 스킬들을 준비하는 것이 보였다. 아직 정보 조작의 효과가 남아 있긴 했지만 이만한 숫자를 한꺼번에 상대하긴 무리일 것이다.

"박혁. 너는 아직 너무 서툴러."

"뭐?"

"나 같았으면 끝까지 이용해 먹으면서 천천히 준비를 갖추었을 텐데 말이지."

"……무슨 말이 하고 싶은 거냐?"

"간단해."

콰앙!

단숨에 폭삭 가라앉는 바닥.

사방으로 금속 파편들이 튀는 가운데 머플러를 손에 쥔 용찬이 입가를 말아 올렸다.

"넌 지금 실수를 저질렀다는 거다."

말이 끝나기가 무섭게 신형이 투명하게 물들었다.

"웃기지 않는 소리. 이때다! 얼른 광역 스킬을 시전해!"

"은신을 사용해 봤자지. 범위 속박 기술 앞에선 소용없다고!"

"디텍터들은 감시계 스킬부터 시전해. 아직 멀리 도망가지 못했을 거야!"

나름 거울성 때를 떠올린 것인지 길드원들이 빠른 대처를 취하기 시작했다. 광역 마법에서부터 범위 지속형 속박 기술, 그리고 은신을 꿰뚫어 보는 디텍터들의 감시계 스킬까지.

'거울성에서 투명화를 목격한 자들이 꽤 되는 것 같지만 뇌보까지 발동시키면 전혀 문제될 것 없는 일이지. 게다가 지금은 페레스의 망토도 있으니까.'

암살왕의 머플러를 모르는 그들로선 쉽게 자신을 찾지 못할 것이다.

용찬은 뇌보를 발동시킨 채 일사불란하게 움직이는 길드원들을 피해 정문으로 달려갔다.

그리고 투명화의 지속 시간이 끝나는 순간.

"저기 있다!"

"미친. 언제 저기까지 간 거야?"

"자, 잠깐. 문이 닫히고 있잖아. 얼른 쫓아!"

섹터 E로 향하는 정문이 천천히 닫히기 시작했다. 통로로 진입한 플레이어를 인식해 일시적으로 문이 잠기는 것이다.

"안 돼. 닫히지……."

쿠웅!

급급히 쫓아온 도적 플레이어들의 모습을 마지막으로 정문이 완전히 닫혔다.

그제야 용찬은 뇌보를 풀며 어두운 통로를 살폈다.

[어둠의 눈이 발동됩니다.]

마치 고양이의 눈처럼 또렷해지는 눈동자.

"냐아아아?"

"시끄럽다."

순간적으로 체서가 기겁한 것을 빼면 효과는 매우 만족스

플레이어 6

러웠다.

'야간 투시경 같은 느낌이군. 섹터 E면 기다리던 그 방인가.'

마침 눈앞으로 미로처럼 늘어진 비좁은 통로들이 보였다.

용찬은 양쪽 벽으로 배치된 길쭉한 로봇들을 보며 기억을 더듬었다.

'섹터 E즈음이었나. 아니, 미친 것도 아니고 그 비좁은 통로를 따라 반대편 길까지 건너가라는 거야. 당연히 길드원들은 플라이를 시전해 날아가려 했지. 근데 웃긴 게 양쪽 벽에 배치되어 있던 로봇들이 갑자기……'

유적지 공략 경험이 있던 유쾌한 목소리의 사내. 비록 서로 진영은 달랐지만, 그가 전해준 정보는 아직까지도 기억하고 있었다.

[루시엔이 소환됐습니다.]

[헥토르가 소환됐습니다.]

[위르겐이 소환됐습니다.]

[로드멜이 소환됐습니다.]

[록시가 소환됐습니다.]

바쿤의 등급이 한 단계 성장하면서 늘어난 소환 인원.

"끙차! 드디어 소환됐다!"

"페페펭. 여기도 신기한 것들이 가득하군요."

"뭐야. 적들은 어디 있는 거예요?"

강제 룰 주문서로 인해 소환 계열 기술들은 금지되어 있었지만, 시스템에 의한 소환 기능들은 정상적으로 발동되고 있었다.

아직 상황 파악이 끝나지 않은 병사들은 주위를 둘러보다 이내 용찬을 쳐다봤다.

"응? 뭐 하고 계세요. 마왕님?"

"잠자코 보고나 있어라."

평소답지 않게 긴장 어린 눈빛으로 몸을 푸는 마왕.

뒤늦게 양발에 뇌보가 발동되자 모든 준비는 끝나 있었다.

그리고.

"본격적인 공략이 시작될 테니까."

잠시 호흡을 고르던 순간 용찬의 신형이 앞으로 쏘아졌다.

⚹

한편, 일시적으로 통로가 닫혀 버린 섹터 D.

한 명의 플레이어로 인해 잠시 정체되어 버린 펄션 길드는 눈앞이 막막해졌다.

"어쩐지 처음부터 수상하다고 했어. 그 자식, 분명 여기 유적지에 대해 무언가 알고 있어."

"……."

"간부장님. 이대로 가만히 계실 겁니까?"

"호들갑 떨지 마라. 어차피 당장 할 수 있는 것도 없어. 일단 정문이 열릴 때까지 대기한다."

"아, 알겠습니다."

재촉하던 간부들이 급히 입을 꾹 다물었다. 사뭇 냉랭해진 분위기 속에서 박혁이 고개를 틀었다.

어찌 보면 이 사건을 불러일으켰다고 볼 수 있는 장본인.

"레버튼. 지금부터 내가 묻는 말에 똑똑히 대답해라."

"히, 히이이익!"

용찬에게 유적지 위치를 알려주었던 레버튼에게로 금방 시선이 쏠렸다.

'이, 이걸 어떻게 나 혼자 감당해. 차라리 나도 데려가 주지!'

용찬의 도움을 받아 펄션 길드에 들어오게 됐지만 이젠 용찬 때문에 펄션 길드에서 내쫓기게 생겼다.

아니, 당장은 목숨부터 걱정해야 될지도.

그런 생각이 들자 레버튼은 절로 그가 원망스러워졌다.

"정신계 기술로 고문받기 싫다면 일찍 실토하는 게 좋을 거다."

"저, 저도 자세한 것은 모릅니다. 간부장님, 믿어주세요!"

"믿고 자시고 할 문제가 아닌 것은 너도 잘 알고 있을 텐데?"

박혁의 싸늘한 시선에 온몸이 파들파들 떨렸다.

주위 길드원들도 모두 굳은 표정으로 자신을 노려보는 상황.

새파랗게 질린 안색으로 뒷걸음질 치던 레버튼은 결국 고개를 떨구었다.

'더는 무리야. 애초에 네가 자초한 거고. 어차피 아는 거라고 해봤자 거울성에 대한 것밖에 없으……'

고민 끝에 포기하려던 찰나, 눈앞으로 메시지가 나타났다.

메신저에 등록된 익숙한 플레이어 명. 마치 구원의 손길처럼 짧은 두 줄의 글귀가 희망처럼 느껴졌다.

두 눈이 휘둥그레진 레버튼은 마른침을 삼키며 고개를 들었다.

그리고.

"가, 간부장님. 잠시 제 얘기를 들어보시겠습니까?"

위기를 기회로 바꾸기 위한 발버둥이 시작됐다.

[섹터 C로 입장했습니다.]

[함정 장치들이 가동됩니다.]

[방어 장치들이 가동됩니다.]

과연 난이도 A급에 달하는 고대 유적지랄까.

두 번째 구역부터 시작된 함정과 방어 장치들은 플레이어들에게 있어 매우 위협적인 장애물이었다. 지금도 안드로이드와 함께 작동하고 있는 발열 기둥들은 방 안 전체를 뜨거운 열기로 가득 채우고 있었다.

"헤헤헤. 백련 님. 여기선 어떻게 인원을 나눌깝쇼?"

"흐웅. 글쎄. 일단 잠시 대기해 봐."

유독 뻐드렁니가 돋보이는 최상술이 손을 슥슥 비비며 뒤로 물러난다. 히죽히죽 웃는 얼굴이 그리 마음에 드는 것은 아니었지만, 나름 데리고 다니기엔 꽤 쓸 만한 머더러다.

혜림은 섹터 B를 지나오며 줄어든 인원부터 재빨리 체크했다.

'벌써 사망자만 5백여 명. 예상보다 피해가 심각해. 이대로 계속 진입한다면 전멸당할 수도 있겠어.'

물론 체이서 집단이 대형 길드에 비해 전력 면에서 뒤떨어지는 것은 아니다. 워낙 자유분방하다 못해 거칠기로 유명한 머더러들이지만, 실력만큼은 나름 인정받는 플레이어들이었다. 때문에 섹터 C에서부턴 차후를 대비하기 위해 피해를 최소화시켜야 할 필요성이 있었다.

"좋아. 정했어."

"예예. 말씀만 해주십쇼. 백련 님."

"여기서 가장 서열이 낮은 놈들이 누구야?"

"아, 아마 저쪽 5인방 놈들일 겁니다."

"흐응. 그래?"

"예예!"

"던져."

입구에서 대기하고 있던 자들의 얼굴이 멍해졌다.

혹시 잘못 들은 것은 아닐까. 상술이 두 눈을 깜빡이며 재차 물었지만, 그녀의 대답은 같았다.

"뭐 해. 던지라니까."

"그, 그게 무슨 뜻입니까. 제가 이해를 잘……."

"무슨 뜻이긴. 저기 함정 속으로 애들을 던지라는 뜻이지."

혜림이 발열 기둥을 가리키자 머더러들의 안색이 창백해졌다. 그리고 5인방이라 불린 사내들이 기겁하며 뒤로 물러섰다.

"무슨 말 같지도 않은 소리야. 우리를 저기에 집어 던지겠다고?"

"그럼 다른 소리겠어? 저기 봐봐. 딱 사람 한 명 들어갈 구멍처럼 보이잖아."

"개 같은 년이 보자 보자 하니까. 그래. 두령님한테 꼬리를 흔들면서 접근할 때부터 알아봤지. 다들 뭐 하고 있어. 괜히 저딴 년의 명령 들을 필요도 없다고!"

나름 실력자로 통하는 5인방의 리더 제리코가 지팡이를 꺼내 들었다. 희생양이 되고 싶지 않은 것은 다른 동료도 마찬가지인지 함께 무기를 치켜들었고, 주위에 있던 머더러들이 점차 동요하기 시작했다.

"아예 여기서 그 건방진 주둥이를 뜯어버리겠어. 다들 뭐 하고 있어. 기회라……."

푸욱!

바닥에서 솟아난 가시덩굴이 복부로 파고든다. 마치 꼬챙이처럼 공중으로 치솟은 제리코는 피를 울컥 토해내며 아래를 내려다봤다.

"하아. 꼭 내가 직접 던져줘야 하니?"

"쿨럭. 비, 빌어먹을 년이."

"자. 어쨌든 한 명."

혜림의 가벼운 손짓과 함께 가시덩굴이 발열 기둥으로 향했다.

화르르륵!

장렬히 불타오르는 몸뚱아리.

존재가 인식되자마자 시뻘건 불기둥이 위로 치솟았다.

그제야 망설이고 있던 머더러들이 즉시 그녀 뒤로 모이기 시작했고, 지목당한 나머지 네 명은 망연자실한 표정으로 재가 되어버린 동료를 쳐다봤다.

"미, 미쳤어. 정말 제정신이 아니라고!"

"어머. 머더러들 중에서 정상인 사람이 있긴 했어?"

"악마. 넌 악마야!"

"나 악마인 거 이제 알았어? 뭐 해. 얼른 집어 던지지 않고. 사지만 남겨둬도 되니까 움직여."

혜림의 가학적인 미소에 희비가 엇갈린다.

살아남기 위해 발버둥 치는 자들. 그리고 다음 희생양이 되지 않기 위해 날을 세우는 자들까지.

'난 역시 머더러 체질인 것 같기도.'

서서히 고조되는 광기 속에서 머더러들의 비명 소리가 울려 퍼지고 있었다.

사실상 섹터 E의 구조는 매우 단조롭다. 그저 중앙에 놓인 다리를 통해 존재를 인식하고 양옆에 세워진 로봇들이 경로를 방해한다는 것뿐. 막상 이야기만 들어보면 누구나 가볍게 통과할 것 같지만, 실상은 아니다.

[목표를 인식했습니다.]

안드로이드 X-E15가 존재를 포착하는 데까지 걸리는 시간은 대략 2초. 어떤 스킬 및 특성도 통하지 않는 구역에서 놈들의 시야를 피하기란 좀처럼 쉽지 않은 일이다.

'심지어 변화계 능력조차 통하지 않는다고 말이 많았던 곳이었지.'

허수아비처럼 생긴 로봇들의 입이 둥글게 벌어진다. 사각지대조차 허용하지 않는 수백 개의 레이저. 형형색색의 빛줄기가 사방으로 뿜어지자 아슬아슬하게 다리로 착지하던 용찬의 안색이 굳어졌다.

그 순간.

[투명화가 발동됩니다.]

단 한 번 남아 있던 암살왕의 머플러 효과가 발동했다.

탁!

'잘하면 아슬아슬하겠는데.'

이마에 송골송골 맺힌 식은땀이 뚝뚝 떨어진다. 중앙에 놓인 다리의 넓이가 넓이다 보니 발을 놓을 공간도 극도로 적었다.

'투명화의 지속 시간은 5초. 거의 중간쯤에 착지하긴 했지만 역시 애매하단 말이지.'

아마 태현에게 암살왕의 머플러가 있었다면 그림자 특성을 활용해 편히 건너갔을 것이다.

"어, 저거 좀 위험한 거 아냐?"

"으아아아. 왜 저한테 그래요!"

"아니, 글쎄 위험한 거 아니냐니까!"

"제가 어떻게 알아요?"

긴장감 넘치는 상황 속에서 루시엔과 헥토르가 소란을 피웠다.

그사이, 밧줄 같이 좁은 다리를 건너던 용찬은 좌우로 돌아가는 로봇들의 얼굴을 보며 재차 도약 자세를 취했다.

'단 한 방이라도 맞으면 그대로 즉사였었지. 이대로 넘어간다!'

미로처럼 꼬인 다리가 아직도 절반가량 남아 있었지만, 지금은 결단이 필요했다.

[목표를 인식했습니다.]

다시금 발을 내딛는 순간 풀리는 투명화.

"우왓! 마왕님?"

"퍼퍼퍼펑!"

"냐아아아?"

수백 개의 레이저가 신형을 관통하려는 절체절명의 순간, 뇌전이 폭발하듯 튀어 올랐다. 미리 자세를 취하고 있던 용찬은 그대로 건너편으로 뛰어넘어 갔고, 즉시 문 옆의 빨간 스위치를 눌러 로봇들의 작동을 정지시켰다.

[섹터 E 구역을 클리어했습니다.]

서서히 하나로 합쳐지는 중앙의 다리들.

'이제 겨우 첫 번째 고비를 넘긴 건가. 암살왕의 머플러가 아니었으면 여기서 며칠은 고생했겠어.'

용찬은 이마에 맺힌 식은땀을 닦아내며 호흡을 가다듬었다.

"마왕니이이이이임!"

"이제 넘어와도 괜찮을 거다."

"진짜요?"

확실히 잠이 든 듯 고요해진 로봇들이었다.

잠시 뜸을 들이던 헥토르는 살짝 발을 내디더보며 천천히 다리를 건너왔다. 그리고 뒤따라 나머지 네 명의 병사들까지 넘어오자 눈앞의 정문이 열리기 시작했다.

"으음. 그런데 마왕님. 굳이 직접 넘어가실 필요가 있으셨습니까. 마법사인 록시 님도 계시는데."

"저 로봇들은 모든 능력들을 전부 감지하지. 은신은 물론 플라이까지 모조리 쓸모없어져. 가령 루시엔이 신속화를 사용했어도 중간쯤에서 레이저가 쏘아졌을 거다."

"서, 설마 저 요상한 빛줄기에 맞으면……."

"그대로 죽는다."

양옆에 배치된 로봇을 쳐다보던 로드멜의 안색이 굳어졌다.

그제야 섹터 E의 진정한 공포를 알게 된 병사들은 침음을 삼키며 고개를 돌렸다.

"폐, 폐펭. 그래도 이렇게 넘어왔으니까 다행이군요."

"무슨 소리를. 이제부터 시작이다."

"폐엥?"

마침 열리는 문 사이로 새로운 공간이 드러났다.

[섹터 E-2 구역의 장치들이 가동됩니다.]

이전과 동일한 구조를 가진 두 번째 섹터 E 구역.

위르겐이 휘둥그레진 두 눈으로 날개를 퍼덕거리는 사이, 용찬은 미리 가져온 캠핑 및 모포 아이템 등을 풀며 자리에 주저앉았다.

"한동안 섹터 E에서 갇혀 지내야 할 거다. 우선 휴식부터 취해라."

"아, 아니, 잠시만요. 이런 방이 설마 또 있어요?"

"당연한 것을 뭘 묻지. 섹터 E만 해도 방이 여덟 개는 될 거다."

어안이 벙벙해진 루시엔이 도로 검을 집어넣었다.

그렇게 갑작스레 휴식을 취하게 된 병사들은 그레고리가 챙겨준 빵으로 허기를 채우며 멍하니 시간을 때웠다.

'암살왕의 머플러. 섹터 E 때문에 놈이 갑자기 목표를 바꾼 것이기도 했지. 하루에 두 번씩이라고 치면 총 4일. 과연 놈이 어떤 방법으로 통과할지는 모르겠지만, 최대한 시간을 줄여야 해.'

오직 투명화만 감지하지 못하는 안드로이드, X-E15들이다. 다행히 기존에 태현이 가지고 있던 머플러를 손에 넣긴 했지만, 온갖 히든 피스를 회수한 놈을 상대로 방심할 순 없었다.

머플러를 매만지고 있던 용찬은 잠시 고민하다 이내 반지를 꺼내 들었다.

"우선 간단히 실험부터 해봐야겠지만."

"어라. 그게 뭐예요?"

"망령을 부르는 반지다."

거울성의 숨겨진 퀘스트를 통해 얻어낸 푸른 갈퀴 용병단의 반지. 홈에 박힌 사파이어가 영롱히 빛을 발하는 가운데 용찬의 입가가 쓱 올라갔다.

"죽은 자는 말이 없는 법이지."

천천히 눈앞으로 뿜어져 나오는 녹색 연기.

[푸른 갈퀴 용병단의 반지 효과가 발동됩니다.]
[푸른 갈퀴 용병단원 라울이 망령화 상태로 소환됩니다.]

얼마 되지 않아 오롯이 형체를 갖춘 망령이 감겨 있던 눈을 떴다.

그리고.

-플레이어 놈!

다짜고짜 고함을 지르며 달려들려 했다.

하지만 여기까진 대충 예상하고 있던 전개.

용찬은 가볍게 어깨를 풀며 뇌전을 활성화시켰다.

"우선 간단히 손봐주고 시작……."

"에이. 마왕님. 거짓말쟁이. 잘만 말하는구만."

"……."

어느새 곁에서 볼을 부풀리고 있는 헥토르였다.

[추적 화살이 발동됩니다.]

건너편의 빨간 버튼을 노리고 화살이 쏘아진다.

지이이잉!

하지만 화살은 중앙 다리를 넘어가기도 전에 레이저에 의해
소멸되어 버렸다.

[플라이가 발동됩니다.]

[은신이 발동됩니다.]

[흙의 정령 노움이 소환됩니다.]

연달아 갖가지 능력들이 발동되며 시도는 계속되었지만 전부 무용지물이었다.

"이런. 다들 멈추십시오. 괜히 피해만 늘어나는 것 같습니다."

"아무리 이동 속도가 빨라도 다리를 넘어가질 못하는군."

"D급과 C급 스킬 및 특성으로는 턱도 없을 것 같군요. 게다가 기력, 마력을 불문하고 모조리 로봇들이 반응하고 있습니다. 얼추 로봇들이 감지하는 속도는 2, 3초이려나. 중앙의 다리라도 짧았으면 어떻게든 넘어가 보기라도 할 텐데."

거침없이 섹터를 클리어하며 빠르게 E 구역에 도착한 리오스 진영. 그 과정 속에서 태현의 활약이 가장 큰 영향을 주었지만, 이번만큼은 그도 쉽사리 클리어를 장담하지 못했다.

'안드로이드 X-E15가 감지하지 못하는 건 일시적으로 존재를 지우는 투명화뿐. 원래라면 암살왕의 머플러를 통해 이 구역을 넘어가려 했지만 어쩔 수 없지.'

레어급임에도 불구하고 유니크급 못지않게 엄청난 효과를 자랑하는 암살왕의 머플러. 비록 휴먼 메트로에서 다른 자에게 머플러를 뺏기긴 했지만 밀림 지대가 개척되는 동안 자신도 가만히 있었던 것은 아니었다.

'입장 제한 때문에 한동안 간부들을 닦달하긴 했지만 그래

도 얻었으니까.'

태현의 손에 쥐어져 있던 얼음 수정이 빛을 발한다.

한참을 고민하고 있던 타이탄 길드원들의 시선이 앞으로 쏠렸다.

[유슬란의 흔적이 발동됩니다.]
[지정된 범위로 얼음 장판이 형성됩니다.]

"……."

통로 뒤편으로 물러나 있던 종호의 눈빛이 묘하게 흔들려왔다.

'섹터 D까지 한 번의 실수 없이 구역을 공략하더니 이제는 저런 아이템까지? 뛰어난 실력을 가진 신규 루키라는 것은 들어서 알고 있었지만 이건 그 정도 수준이 아니야. 마치 유적지를 한 번 와본 듯한 움직임들. 저것도 특성과 관련된 건가.'

일시적으로 함께 동행하면서 점점 더 수상하게 보이기 시작했다. 종호는 의심스러운 눈길로 그를 쳐다보며 안경테를 들어 올렸다.

그사이, 미로처럼 꼬인 다리 주변을 전부 얼어붙게 한 태현은 얼음 장판의 지속 시간을 체크하며 두 번째 아이템을 꺼내 들었다.

[마력의 부적을 사용했습니다.]
[신속의 부적을 사용했습니다.]

일정 시간 동안 마력 회복률과 이동 속도를 증가시켜 주는 광범위 버프 아이템까지 모든 준비를 마친 태현은 망설임 없이 정면으로 그림자를 활성화시켰다.

'우선 한 번.'

마력으로 만들어진 인영으로 몸이 이동된다.

[목표를 인식했습니다.]

마침 안드로이드 X-E15도 마력을 감지한 것인지 고개를 틀었다. 하지만 태현은 연달아 특성을 발동시키며 재빨리 다른 그림자로 갈아타기 시작했다.

그제야 그 광경을 지켜보던 동현과 종호도 얼음 장판의 역할을 깨닫고 두 눈을 큼지막하게 떴다.

"로봇들이 반응하는 시간과 그림자가 새로 만들어지는 시간이 대충 비슷해. 아예 얼음 장판을 만들어 손쉬운 길을 개척해 낸 거야."

"……마력의 부적과 신속의 부적이 그것을 뒷받침하는 거군."

"저렇게 몸을 갈아탈 수 있는 그림자 특성이라면 충분히 반대편으로 넘어갈 수 있습니다. 바로 지금처럼 말이죠!"

절로 감탄사가 터져 나오는 광경.

마침 마지막으로 생성된 그림자가 건너편 문 앞에 도달해 있었다. 그리고 태현이 놀라운 반사 신경을 보이며 레이저를 피해내자 어느새 로봇들의 고개도 다시금 틀어지기 시작했다.

[섹터 E 구역을 클리어했습니다.]

그 틈을 놓치지 않고 재빨리 적색 버튼을 누르자 모든 로봇의 가동이 중지됐다.

서서히 얼음 장판이 깨지며 하나로 연결되는 수십 개의 다리. 태현은 다음 구역으로 연결되는 통로를 보며 호흡을 가다듬었다.

'유슬란의 흔적은 하루에 두 번 사용 가능한 레어급 아이템. 부적도 꽤 많이 챙겨오긴 했지만 역시 하루에 두 번 이상은 무리겠어.'

그나마 다른 진영보다는 앞서 나가고 있었다.

만약 암살왕의 머플러가 자신이 예상하는 놈의 손에 들어갔다고 해도 투명화의 사용 제한 횟수는 동일하게 하루에 두 번인 상황이었다.

'쿤다 진영일까. 아니면 리미트리스 진영일까. 그것도 아니면 역시······.'

뒤늦게 연막 속에서 마주쳤던 놈의 눈빛이 떠올랐다.

태현은 애써 초조함을 달래며 다리를 넘어오는 플레이어들을 맞이했다.

"자, 그러면 바로 두 번째 E 구역으로 넘어가 볼까요?"

회귀 이전 유적지를 공략하던 타이탄 길드원들도 섹터 E 구역에서 대부분 전력을 잃었다.

공략법을 모르던 그들이 며칠 만에 생각해 낸 방법은 인간으로서 결코 택하기 힘든 최악의 방법.

'아마 타이탄 길드원들은 그 방법으로 E 구역을 넘어 갔다가 결국 끝에 가서 전멸했을 거야. 이렇게 상상만 해도 소름이 끼치는데 본인들은 얼마나 절망스러웠을까. 지금 생각해도 참으로 안타까워.'

잠시 과거의 들었던 말을 회상하던 용찬은 연결되는 중앙 다리를 보며 정신을 차렸다.

[섹터 E-7 구역을 클리어했습니다.]

E 구역에 정체된 지도 벌써 삼 일째. 이제 거의 마지막 구역을 앞둔 가운데 마침내 다음 구역으로 향하는 통로가 열렸다.

-크윽. 왜 내가 이런 짓을 해야 되는 거냐?

건너편으로 넘어간 망령이 억울한 심정을 토해냈다.

한때 푸른 갈퀴 용병단으로서 대륙에 이름을 날렸던 단원 필립.

[푸른 갈퀴 용병단의 반지 효과가 발동 중입니다.]

하지만 지금은 반지에 의해 소환되어 명령을 들어야만 하는 처량한 신세로 전락해 있었다.

'간단히 실험 삼아 해본 것이 이리도 잘 먹힐 줄이야. 가끔 반항하는 것만 빼면 아주 완벽한 노예야.'

죽은 자는 쉽게 존재조차 느끼지 못한다고 했던가.

안드로이드 X-E15들은 거짓말같이 망령들을 인식하지 못했고, 하루에 한 명씩 소환된 용병들은 졸지에 서커스를 하듯 비좁은 다리를 건너야만 했다.

"와아아아. 망령 아저씨. 균형 감각이 정말 대단해요!"

"쓸데없이 칭찬해 주지 마라. 저러다가 또 기어오른다."

-도대체 내가 언제 기어올랐다는 거냐!

필립이 금방 반박하고 들었지만, 용찬은 가볍게 무시하며 다리를 건너갔다. 그리고 익숙하게 손가락에 낀 반지를 치켜 들어 그를 역소환시키려 했다.

-자, 잠깐. 전에 말했던 그건 정말 사실이겠지?

"도대체 몇 번을 말해야 알아듣지?"

-……어쩔 수 없지. 일단 기다리고 있겠어.

"쯧. 직접 확인할 때까지는 못 믿겠다는 눈치군. 마음대로 해라."

얼마 되지 않아 망령이 된 그의 신형이 반지 속으로 빨려 들어갔다.

아마 내일이 돼서야 다시 용병을 소환할 수 있을 것이다.

"페페펭. 그나저나 무슨 약속이라도 하신 겁니까. 마왕님?"

"아주 사소한 약속이지. 그 이상은 알 것 없다."

정확히는 퀘스트를 건넨 민찬과, 마왕성에 머물고 있는 아이리스의 안부였지만 굳이 설명할 필요는 없었다.

그렇게 용찬과 병사들은 마지막 섹터 E-8 구역에 들어섰고, 투명화를 남겨둔 용찬은 익숙한 패턴으로 금방 8번째 구역까지 클리어해 버렸다.

'이제 중앙 관리실로 향하는 마지막 구역. 지금쯤 그놈이 경

보 발령을 3단계로 올려놨겠지. 일단 여기서 다시 합류하는 게 좋겠어.'

경보 발령 3단계가 실행된 이상 F 구역부턴 나름의 희생도 필요하다. 물론 강제 룰이 적용된 상태에서 다른 존재를 소환 했다는 사실을 들키긴 하겠지만, 어차피 이번 유적지를 통해 전부 정리할 예정이었다.

[레버튼:간부장님이 거래를 승낙하셨어. 금방 그리로 갈게!]

게다가 이미 레버튼을 통해 밑밥까지 던져둔 상태.

용찬은 미리 준비한 가면들을 병사들에게 착용시킨 후 정보 관련 주문서들을 발동했다.

"록시. 이 부근에 모래 통로를 만들어놔라."

"알겠습니다."

"위르겐. 넌 중앙 다리 부근에 탐색자의 눈과 함께 폭탄을 설치해라."

"페페펭. 바로 수행하도록 하겠습니다!"

준비가 끝나자 이젠 기다리는 일만이 남아 있었다.

그렇게 얼마나 기다렸을까.

치이이익!

이 구역이 클리어됨으로써 반대편 통로가 다시 열렸다.

천천히 어둠 속에서 모습을 드러내는 펄션 길드원들.

"……."

"……."

이미 클리어된 구역을 쭉 따라온 박혁은 복잡한 표정으로 잠시 뜸을 들였다.

하지만 그것도 잠시.

"거래 내용은 레버튼은 통해서 들었겠지?"

"……거래라는 건가."

"그래. 이건 순전히 거래야. 애초에 내가 너희들과 적대 관계를 맺을 필요도 없고, 어차피 서로 목적은 같으니까 말이지."

용찬이 먼저 목적을 언급하자 본격적으로 대화가 시작됐다.

"한상훈이라고 했나. 네놈이 원하는 것은?"

"정체에 대해 캐묻지 말 것. 유적지가 클리어되기 전까지 내 명령에 따를 것. 그리고 유적지 보상 중 하나를 나한테 넘길 것."

"옆에 그놈들은 누구지. 동료인가. 분명 소환계는 강제 룰을 통해 금지된 줄 알았는데?"

"그것까지 너에게 알려줄 의무는 없지. 이놈들은 상관 말고 본론부터 얘기해라."

"……하아. 도대체가. 좋아. 그래서 유적지에 대한 공략법을 알고 있다고?"

"물론. 그렇지 않고서야 내가 여기까지 온 게 이상하겠지.

네가 미심쩍어 하는 것도 그것 아니었나?"

되려 정곡을 파고들자 박혁의 입이 꾹 다물어졌다.

대형 길드를 앞에 두고도 물러섬 없는 꼿꼿한 태도. 일부 길드원들은 용찬을 건방지다고 여겼지만, 공략법이 언급되자 간부들의 표정은 심각해졌다.

'……지금 저 자식이 뭐라고 한 거야. 자기가 공략법을 알고 있다고?'

'본 목적은 리오스 진영 놈들이지만 어차피 그놈들을 상대하기 위해선 유적지를 공략할 필요가 있어.'

'과연 정말일까. 만약 사실이라면 저놈을 회유해도 괜찮을 것 같은데.'

지금 가장 중요한 것은 파이칸 고대 유적지였다.

순간적으로 강제 룰이 떠오른 박혁은 한참의 고민 끝에 결정을 내렸다.

"좋아. 거래를 따라주지. 하지만 어떻게 우리가 네놈을 믿고 따르지?"

"뭐, 신뢰가 없는 것도 당연하겠지. 하지만 걱정 마라. 따로 준비해 둔 아이템도 있으니까."

미리 더 페이서 상단에게 요구했던 아이템들.

그중 하나가 용찬의 손에 잡혔다.

[계약의 수정]

"이거면 충분하겠지?"

주로 하멜에서 거래 및 신용을 보장하기 위해 사용되는 계약의 수정. 오직 플레이어들끼리만 사용할 수 있는 계약의 수정은 서로의 합의 하에 조건을 만들어 일정 기간 동안 그 조건들을 유지시키는 효과를 가지고 있었다.

그제야 박혁도 만족스럽다는 표정으로 고개를 끄덕였다.

다만.

"충분하겠어. 그럼 계약, 아니, 거래를 하도록 하지."

"그러면 이리로 넘어와."

"……그러지."

"아니, 너 혼자 오라는 말이야."

거래 대상은 오직 박혁뿐이었다.

그렇게 용찬이 그를 지목하고 들자 주위에 있던 길드원들이 가장 먼저 반응해 왔다.

"저, 저 자식이 진짜 죽고 싶어서 환장했나?"

"지금 누구한테 오라 가라야!"

"간부장님. 저놈 말 들을 필요도 없습니다. 어차피 공략법도 다 거짓말일 겁니다!"

과격하기 그지없는 반응들.

하지만 이런 상황까지 예상했던 용찬은 위르겐을 곁눈질하며 입가를 말아 올렸다.

"급한 것은 너희들이지 내가 아냐. 어떤 결정을 하든 난 상관없어. 하지만……."

다리 사이로 틈틈이 설치된 폭탄들이 눈에 들어온다.

이미 그들의 목줄을 쥐고 있는 것은 자신이나 다름없었다.

"그 이후에 어떻게 되는지는 두고 봐야 아는 일이겠지."

"……."

살짝 시선이 아래로 내려가자 박혁의 시선도 뒤따라 다리를 향했다.

그제야 무언가 낌새를 알아차린 그는 재빨리 마법사들에게 감지계 마법을 지시했지만 이미 한발 늦어 있었다.

"다, 다리 사이사이에 무언가 심어져 있습니다!"

"……이게 네놈의 거래 방식이라 이건가?"

"마음에 안 들면 어쩔 수 없겠지."

서서히 허공에서 충돌하는 두 명의 눈빛.

바드득 이를 갈며 용찬을 노려보던 박혁은 천천히 앞으로 걸어 나왔다.

"나는……."

"벌써 8일째인가. 물자는 충분히 확보하고 와서 버티는 데별로 지장은 없지만 역시 분위기가 심상치 않은데."

"그럴 수밖에 없지. 리미트리스, 쿤다, 리오스 진영에다가 머더러인 체이서 집단까지 있으니까."

강제 룰이 발동되어 유적지 인근에 대기하고 있는 수천의 무리들. 날이 갈수록 서로를 견제하는 시선들은 더욱 강렬해졌지만, 규칙으로 정해진 페널티 덕분에 그나마 전투는 벌어지지 않고 있었다.

하지만 그것도 벌써 8일 차.

"이러려고 여기까지 온 게 아닌데 말이지. 빌어먹을. 몸이 근질근질거려 죽겠다고. 어떻게 좀 해봐라. 사혁아!"

가만히 유적지가 클리어되길 기다리고 있던 사태후가 끝내 참지 못하고 포악한 성질을 드러냈다.

"아, 이 양반이 그새를 못 참고 또 지랄이네. 저한테 따진다고 뭐가 나옵니까. 앙?"

"게혜혜혜. 뭐든 나오기야 하겠지. 이 빌어먹을 강제 룰만 아니었다면 말이지!"

콰아아앙!

투박한 주먹에 공간 전체가 요동친다.

곁에 서 있던 사혁은 주위로 쏠리는 시선들을 확인하며 한숨을 내쉬었다.

"그래서. 들어나 봅시다. 저 여우 같은 년에게 자꾸 계획을 맡기는 이유가 뭡니까?"

"뭐야. 너도 질투란 것을 느끼는 거냐. 게하하하!"

"개소리는 집어치우고. 우리 병신 같은 두령께서 머리가 오질나게 무식하시다는 것은 일찍이 알고 있었지만 반반하다고 해서 자꾸 얘기를 들어주는 것은 아닐 것 아닙니까."

"······"

광폭하게 웃어젖히던 사태후가 얼굴을 굳혔다.

천천히 머리를 두들기는 손짓.

"사혁아. 내가 다른 것은 몰라도 하멜에서 살아오면서 알게 된 게 하나 있어. 그건 말이다. 바로 이 머리야."

"그 커다란 대가리?"

"아니, 이 새끼야. 여기선 머리 굴리는 연놈들이 의외로 잘 살아남는다는 거지. 저년만 해도 그래. 자기 욕망을 드러내면서도 꽤나 계획은 철저하게 세워. 그리고 끝에 가선 자신이 얼을 이득까지 모조리 계산해 버리지."

무력 집단인 체이서에 백련이 들어오면서 변한 것들은 여러 가지가 있었다. 특히 유태현의 세력 약화를 노린 것부터 시작해 갖가지 사업으로 뻗어가 자금 조달에 큰 공헌을 해온 혜림.

유독 사태후가 그녀에게 집착하는 이유는 바로 그런 점들 때문이었다.

"아하. 그래서 실컷 이용해 먹다가 버린다?"

"게헤헤헤. 안에서 뒤지든 말든 상관없는 일이지. 물론 그년 정도면 끝까지 살아남긴 할 거다. 그리고 이 엿같은 주문서 효과가 끝나는 동시에 여기에 있는 놈들의 목숨도 모조리 사라지겠지."

붉게 충혈된 큼지막한 두 눈이 좌우로 굴러간다.

가장 먼저 노릴 사냥감은 권좌에 속한 두 명. 물론 두 명이 동시에 합공해 올 가능성도 다분하긴 했지만 사태후는 자신이 있었다.

'북부부터 시작해 다른 진영들까지. 언제고 전부 내 발아래 무릎 꿇게 될 거야.'

수년간 쌓여온 욕망이 내부에서부터 들끓는 순간이었다.

[섹터 F로 입장했습니다.]

커다란 정문이 열리며 안으로 수백 명의 무리가 들어선다.

진영, 아니, 선별된 무리 중에서 세 번째로 도착한 체이서 집단. 등장부터 심상치 않은 그들의 모습에 유리막 건너편에 있던 플레이어들이 대번 인상을 구겼다.

"저건 뭐야. 창에 뭐가 꽂혀 있는 거야?"

"윽. 쓰레기 같은 새끼들. 잘 봐. 동료들의 머리잖아."

"우엑. 토 나오네. 시체를 왜 꼬챙이처럼 들고 다니는 거야."

잔혹하기로 소문이 난 머더러들이었지만 이 정도일 줄은 꿈에도 몰랐던 그들이었다.

하지만 쿤다 진영 플레이어들 사이에 서 있던 용찬만큼은 어떤 과정을 거친 것인지 나름 추측할 수 있었다.

'역시 그 방법은 써서 E 구역을 돌파한 건가.'

회귀 이전 타이탄 길드가 사용했던 최악의 방법. 그것은 다름 아닌 인간의 시체로 탑을 쌓아 다리를 연결시키는 방법이었다.

물론 중앙의 다리가 이어진다고 해도 로봇들의 인식이 멈추는 것은 아니었지만, 일단 길만 만들어지면 어떻게든 스킬들의 연계를 통해 건너갈 수 있는 게 E 구역이었다.

"페페페펭. 구조를 생각해 봤을 때 시체를 이용하는 것도 의외로 쓸 만한 방법이겠군요. 그 대가로 바쳐진 희생양은 꽤 되겠지만 말이죠."

마침 위르겐도 시체를 통해 방법을 꿰뚫어 본 것인지 음침한 웃음소리를 흘렸다.

"좀 가만히 있어. 제피르 자식아!"

"페페펭!"

"……저 조그마한 펭귄은 소환수 같은 건가?"

루시엔이 급히 위르겐의 입을 틀어막는 사이, 곁에 있던 박혁이 넌지시 물어왔다. 강제 룰이 적용된 상태에서 갑자기 바쿤의 병사들이 소환됐으니 자신의 정체를 모르는 그로선 의심이 들 만도 할 것이다.

"알 필요 없다고 했을 텐데. 벌써 거래 조건을 잊었나?"

"하아. 말을 말지."

계약의 수정을 통해 거래한 세 가지 조건. 고대 유적지의 공략법을 알려주는 대가로 조건들을 승낙했던 박혁은 인상을 구기며 등을 돌렸다. 하지만 그럼에도 용찬을 향한 의심은 끊이질 않았다.

'분명 소환계 효과는 강제 룰로 인해 완전히 금지됐어. 그런 상태에서 동료들과 소환수를 소환시켰다는 것은 우리가 모르는 무언가 다른 능력을 가지고 있다는 소리야. 한 번도 공략되지 않은 유적지의 정보를 아는 것도 그렇고. 이번 유적지 공략만 끝나면 반드시 사로잡아 길드 마스터께 보고한다.'

잘하면 다른 대형 길드보다 앞서 나갈 기회였다.

물론.

'속내가 뻔히 들여다보이는군. 아무리 저놈이라고 해도 본연의 욕망을 억누를 순 없는 거겠지. 아니, 어찌 보면 과도한 충

성심이려나.'

용찬은 이미 그런 속내를 눈치채고 있었지만 말이다.

특히 회귀 이전부터 길드 발전에 최선을 다해 기여하고 있던 박혁이었기에, 흑심이 겉으론 드러나지 않아도 자신만큼은 쉽게 알아차릴 수 있었다.

'그래도 F 구역까지 도달해서 다행이야. 가장 먼저 도착해 미리 자리도 잡아놨으니까. 애가 타는 것은 저쪽이겠지.'

중앙의 기둥을 중심으로 유리막이 설치된 섹터 F 구역.

네 개의 무리가 각각 한 방씩을 차지하고 있는 구조상, 가장 중요한 것은 자리 선점이었다.

용찬은 유리막이 설치되기 직전의 때를 떠올리며 입가를 말아 올렸다.

'여기서 도대체 어떤 일들이 벌어진다는 거지?'

'한 무리씩 자리를 잡고 몬스터들을 막는다. 단지 그것뿐이야.'

'……그러면 굳이 일찍 와서 자리를 차지하는 것이 무슨 소용이 있지?'

'몰려드는 몬스터의 숫자, 구석에 위치한 자리 등 유리한 점이 아주 많지. 그리고 무엇보다 이것 때문에 이 방으로 온 이유가 가장 크다고 볼 수 있겠지.'

기존에 도착할 때부터 각 방에 놓여져 있던 장치들.

잠시 박혁과의 대화를 회상하던 용찬은 만족한 표정으로 방 안의 손잡이를 내려다봤다.

'시작부터 인원이 나누어진다는 것을 염두에 두고 다른 진영들까지 끌어들인 거겠지만 네가 원하는 대로만은 안 될 거다. 유태현.'

리오스 진영이 선점한 자리는 그나마 두 번째로 안정적인 위치였다. 하지만 방 안에 설치된 장치만큼은 자리를 떠나 엄청난 차이를 지니고 있었다.

"그나저나 방이 하나 비는데. 역시 리미트리스 놈들은 아직 도착하지 못한 건가?"

"아무래도 그렇겠지. 워낙 지랄 맞던 구조의 E 구역이었으니까. 그놈들 살아 있긴 할까."

"모르지. 지금도 E 구역에 갇혀서 클리어되기만을 기다리고 있는 거 아냐?"

8일 차에 접어드는 순간까지도 도착하지 못한 리미트리스 진영. 때문에 유리막으로 막혀진 나머지 한 자리가 자연스레 비어져 있었지만, 그들의 생사 여부도 사이렌 소리가 울려 퍼지기 시작하자 금방 잊혀져 갔다.

[대기 시간이 초과됐습니다.]

[경보 발령 3단계 유지 상태.]
[섹터 F 구역의 장치들이 가동됩니다.]

마침내 사방을 둘러싸고 있던 벽들이 좌우로 활짝 열리기
시작했다. 그리고 그 속에서 쏟아져 나오는 수백 기의 안드로
이드 로봇들.

"젠장. 이렇게 갑자기 시작하는 거였어?"

"모두 버프 스킬부터 시전해. 전부 C급 네임드인 놈들이야!"

"며칠 동안 잠잠하다 싶더니 이렇게 뒤통수를 후리네. 빌어
먹을 고대 유적지!"

다른 무리를 기다리는 동안 휴식을 취하고 있던 플레이어
들은 급히 자리에서 일어나 진형을 갖추어야만 했다.

[안드로이드 X-E30]

[등급:C(네임드)]

[상태:내구 강화]

하체에 바퀴가 달린 새로운 모형의 로봇들.

양팔이 집게처럼 생긴 X-E30은 섹터 F 구역에서 주로 나오

는 안드로이드 중 하나다. 생긴 것과 달리 움직임은 매우 둔하지만, 내구성이 뛰어나 상대하기 껄끄러운 적이기도 했다.

"위이이이!"

"느림보 주제에 어딜!"

마침 루시엔이 휘두른 두 자루의 검이 X-E30을 향해 쇄도했다.

턱!

하지만 검신은 놈의 몸체를 뚫지 못하고 오히려 집게발에 잡히는 신세가 되었다.

"이, 이거 안 놔?"

"역시 멍청한 다크 엘프답게 무작정 달려드는 꼴이군."

"뭐라…… 꺄악!"

쿠웅!

푸른 빛줄기에 적중당해 끊어지는 집게 팔.

그 반동으로 엉덩방아를 찧은 루시엔은 인상을 찌푸리며 록시를 노려봤다.

"너 이게 무슨 짓이야."

"이젠 도와준 나한테 역성까지 내는 건가. 역시 다크 엘프답군."

"뭐, 뭐라고? 이 가슴만 큰 마족 년이!"

"무, 무슨! 갑자기 여기서 가슴이 왜 나오는 거냐!"

마왕성에서부터 서로 못 잡아먹어 안달이던 둘은 여기서까지 팽팽한 신경전을 벌이고 있었다. 때문에 용찬은 번거롭게 주변으로 사일런스까지 발동시키며 대화 소리를 차단하고 있었고, 그사이 헥토르는 화살이 먹히지 않자 장궁으로 직접 로봇들을 후려치며 스트레스를 풀고 있는 상태였다.

"……정말 가관이로군."

"페페펭. 어쩔 수 없죠. 저라도 열심히 마왕님을 보좌하겠습니다."

"손에 든 왕관이나 집어넣고 말해라."

언제라도 발을 뺄 준비를 하고 있던 위르겐이 급히 왕관.

아니, 연막탄을 등 뒤로 숨겼다.

[채널링이 발동 중입니다.]

그나마 소환된 병사 중에서 가장 전투에 집중하고 있는 것은 로드멜일 것이다.

"뭐, 뭐야. 이렇게 멀리 떨어져 있는데 그새 내 상태를 파악하고 힐을 시전한 거야?"

"허어. 보통 성직자들보다 치유되는 회복량도 더욱 높아."

"도대체 저런 동료들을 어떻게 데려온 거야. 소환 계열 효과는 분명 금지되어 있었잖아."

능숙한 치료술에 펄션 길드원들이 절로 감탄을 표했다.

물론 다른 성직자들도 근처 파티원들에게 열심히 힐을 시전하고 있었지만, 채널링을 통한 로드멜만의 치유술은 유독 뛰어난 효과를 자랑했다.

'쿨단이 빠진 게 좀 아쉽긴 하지만 그래도 채널링만큼은 버릴 수 없지.'

유리막을 통해 체이서 측만 살펴봐도 이렇게 안정적인 전투는 벌이지 못하고 있었다. 그나마 비교한다면 성직자 및 성기사 위주의 적월 길드 쪽이 안정적일 터.

용찬은 쿤다 진영 못지않게 선전하고 있는 리오스 진영 측을 보다, 이내 위르겐에게 지시했다.

"위르겐. 기운 감지 특성으로 여기에 있는 놈들을 잘 살펴봐라."

"으으음. 아직까…… 폐펭?"

"혹시 뭐라도 발견했나?"

"무, 무엇인지는 모르겠지만, 내부가 시꺼멓게 물든 놈이 한 마리 있습니다. 폐펭!"

시야와 관련 없이 수상한 기운을 감지해 내는 제피르 일족 고유의 특성. 이번에도 무언가를 발견한 것인지 위르겐이 잽싸게 좌측에 있던 X-E30을 가리켰다.

"……잘됐군."

자연스레 시선이 뒤쪽 손잡이로 향한다.

등을 돌린 용찬은 즉시 손잡이를 아래로 내려 당겼다.

[몬스터들을 서로 교체하시겠습니까?]

"그래."

[원하시는 방 번호를 말씀해 주십시오.]

"물론……."

빈방에서부터 체이서, 리오스, 쿤다 진영 순으로 이어지는 방의 번호. 장치의 재사용 대기 시간을 생각해 본다면 더욱 신중히 결정해야 할 문제였지만 지금은 아니었다.

"리오스 진영이지."

로보틱스 팩토리의 섹터 F 구역은 각각의 방마다 특수한 장치가 존재한다.

일명 몬스터 교체 스위치.

유리막이 설치된 방들의 구석진 자리에 놓여진 이 장치는 방 안에 있는 몬스터들과 다른 방의 몬스터들을 서로 교체하는 효과를 가지고 있었다.

'유리막 너머로 스위치를 볼 수 없다는 것이 주요 포인트지.'

쿤다 진영이 상대하고 있던 로봇들이 움찔거린다.

"뭐, 뭐야. 이 자식들 갑자기 왜 이러는 거지?"

"다들 장난 적당히 치고 한자리로 모여. 특히 루시엔, 록시. 당장 그만둬라."

"아니, 저 마족 년이 먼저……."

"적당히 하라고 했을 텐데?"

"……알겠어요."

싸늘한 눈빛에 소란을 피우던 루시엔이 고개를 푹 떨구었다.

그제야 용찬은 발동된 사일런스를 해제하며 한자리에 모인 병사들에게 지시했다.

"지금부터 최대한 기력과 마력을 아껴라. 되도록 전투에 참여도 하지 말고."

"괜찮겠습니까. 저희 쪽은 쿨단 님도 빠진 상태인데."

"상관없다. 어차피 그 빈자리는 저놈들이 메꿀 예정이니까."

계약의 수정을 통해 공략법을 공유받은 펄선 길드원들.

다만, 그 대가로 용찬의 명령을 받으며 방 안의 안드로이드들을 상대해야만 했다.

'역시 인간들을 희생양으로 삼으실 생각이셔.'

용찬의 의중을 파악한 로드멜이 마른 침을 꿀꺽 삼켰다.

그 사이, 펄선 길드원들은 급격히 숫자가 불어난 로봇들을 보며 당황해했다.

"어, 어라? 이놈들. 아까 전보다 더 많아진 것 같지 않아?"

"우리 쪽에서 상대하던 로봇도 사라진 것 같은데."

"도대체 뭐가 어떻게 된 거야?"

다른 방보다 비교적 적었던 로봇들의 숫자는 늘어나고, 기껏 상대하고 있던 로봇들은 사라진다.

이런 변화에 가장 먼저 반응한 것은 간부장 박혁이었다.

'벌써 스위치로 몬스터들을 교체시킨 건가. 대충 설명을 듣긴 했지만, 정확히 알 수가 없군.'

거래 당시 들었던 설명대로라면 방마다 설치된 교체 스위치의 효과는 제각각 달랐다.

현재 쿤다 진영이 위치한 방의 교체 스위치는 원하는 방의 몬스터들과 자신 쪽 몬스터들을 서로 교체시키는 효과. 하지만 다른 방의 스위치들은 조금씩 교체 방식이 달랐고, 이런 이유 때문에 자리 선점이 중요하다고 용찬이 몇 차례 설명한 적이 있었다.

'일단 좀 더 지켜보는 수밖······.'

콰아아앙!

길드원들에게 지시를 내리려던 차, 옆방에서부터 폭발음이 들려왔다.

[3번 방에 있던 안드로이드 X-E30이 변이했습니다.]

[위험 경보!]

[안드로이드 X-S21이 작동을 시작합니다.]

짙은 연기를 헤치며 드러나는 거대한 형체.

"……저건 또 무슨."

중형에 불과했던 안드로이드가 어느새 커다란 대형 로봇으로 탈바꿈해 있었다.

[안드로이드 X-S21]

[등급:B(네임드)]

[상태:완력 강화, 내구 강화]

'저게 벌써부터 튀어나오면 좀 곤란한데.'

섹터 F의 보스, X-S21이다.

수백 마리씩 출현하는 X-E30 속에 숨어 있는 변이형 몬스터이자 엄청난 육체 능력치를 자랑하는 최상위 안드로이드.

때문에 태현도 일찍이 경계를 하고 있었지만 안타깝게도 자신이 있는 3번 방에서 X-S21이 출현하고야 말았다.

"허어. 첫 번째 방에서 봤던 놈보다 덩치가 더 큰 것 같은데?"

"마법 저항력도 상당한 것 같습니다. 화염 속성력에도 끄덕하지 않다니."

"유태현. 어쩔 셈이지?"

곁에 있던 일행들의 시선이 태현에게로 향했다.

하지만 정작 태현은 방에 설치된 스위치를 보며 고민하고 있
는 상태였다.

'아까 전에 로봇들이 잠시 움찔거리긴 했었어. 그렇다면 다
른 방에서 로봇들을 교체시킨 건가. 아니, 만약 그렇다고 해도
그 많은 안드로이드 중에서 변이 몬스터만 딱 골라서 찾아내
는 것은 불가능할 텐데.'

어떤 감지계 스킬도 통하지 않는 X-S21이지 않은가.

게다가 당장 몇 번째 방이 스위치를 사용했는지도 알 수 없
는 상황이었다.

하지만 그것도 잠시.

"잠깐. 저 가면 쓴 놈들. 저번에 거울성에서 본 놈들 아냐?"

유이치가 유리막을 통해 비치는 쿤다 진영 플레이어들을 가
리키자 태현의 고개도 휙 돌아갔다.

우스꽝스러운 동물 가면을 쓴 채로 한자리에 모여 있는 정
체불명의 동료들. 모두 전신 로브로 인상착의를 가리고 있어
정확히 파악할 수 없었지만, 가면만큼은 기억과 일치했다.

'리미트리스 진영도 아니고 쿤다 진영이라. 어떻게 다른 진
영에 속해 있는 거지? 설마 휴먼 메트로 때도……'

만약 용찬이 진영을 갈아탈 수 있거나 아예 다른 진영으로

시작했다면 어느 정도 가설이 맞아떨어진다.

하지만 쉽게 속단할 수 없는 문제였기에 우선적으로 네 번째 방의 스위치부터 초점을 두었다.

[X-S21의 고출력 냉동빔이 발동됩니다.]

[성스러운 보호막이 발동됩니다.]

방 전체의 온도를 떨어트리는 고출력 냉동빔.

적월 길드의 성직자들이 간신히 보호막을 사용해 막아내고 있었지만, B급 네임드답게 강한 위력을 자랑하며 겹겹이 쌓인 보호막들을 박살 내고 있었다.

"이렇게 참견하게 돼서 죄송하지만, 상황이 상황인 만큼 저도 어쩔 수 없군요."

"……이종호."

안경테를 매만지며 유유히 걸어오는 종호.

잠시 지휘권을 간부에게 맡겨놓은 것인지 적월 길드원들은 안전히 선두에서 빠져 있었다.

"끄아아악!"

"내, 내 몸이 얼어붙고 있어."

"얼른 힐을 줘. 부탁이야!"

확실히 X-S21의 출현으로 인해 타이탄 길드 쪽 선두가 뚫리고 있었다. 이대로 간다면 얼마 되지 않아 방패병들부터 전부 전멸할 터.

'어쩔 수 없지. 일단 패턴이 넘어가기 직전까지 우리가 상대할 수밖에.'

결국 태현은 잠시 고민을 뒤로 미뤄두고 일행들에게 지시를 내리기 시작했다.

"아둔 님. 유이치 님과 함께 정면을 맡아주실 수 있겠습니까?"

"소란스러운 것은 싫지만 해보도록 하지."

"감사합니다. 그러면 동현 님은 마법사들과 함께 범위형 속박 기술들로 X-E30의 발을 묶어주십시오. 그리고 종호 님께선……."

허공에서 충돌하는 두 남자의 시선.

둘 다 다른 세력에 속한 리더이기 때문에 유적지 초입부터 신경전도 많이 벌였지만, 지금만큼은 서로 힘을 합쳐야만 했다.

"성기사들을 이끌고 저와 함께 좌우를 흔들도록 하죠. 괜찮으시겠습니까?"

"이런 상황에서 거절하긴 좀 그럴 것 같군요."

"다행이로군요. 자, 그럼 가보도록 하죠."

마침내 따로 진형을 갖춰 싸우던 두 길드가 서로 합류하게 됐다.

[백룡의 투창이 발동됩니다.]

가장 먼저 움직인 것은 창기사인 아둔 프라이언.

'무투가 녀석. 이번만큼은 호락호락하게 당하지 않을 거다.'

거울성 당시의 기억 때문인지 평소와 달리 분노 어린 눈빛으로 전투에 나서고 있었다.

그리고 본격적으로 유이치가 달려들기 시작하자 뒤따라 동현도 마법을 발현하며 전투의 흐름을 가져오기 시작했다.

-침입자 제거. 제거! 제거!

"이거, 이거. 제대로 날도 안 박히는 수준이네."

"B급 네임드잖습니까. 무리하지 마시고 천천히 대치만 하고 계십시오."

"젠장. 그놈의 잔소리는."

동현의 경고에 유이치가 슬쩍 뒤로 물러난다.

그사이, 버프로 단단히 무장한 성기사들과 함께 두 명의 리더가 전장으로 돌입했다.

[그림자 칼날이 발동됩니다.]
[성스러운 심판이 발동됩니다.]

태현의 손에서 발현된 그림자 칼날들이 X-S21의 철 갑판을 두들긴다.

그와 동시에 종호가 움켜쥐고 있던 황금빛 커다란 망치가 놈의 다리를 후려갈겼다.

콰지직!

움푹 파여 들어가는 하단의 철 갑판.

나름 효과가 있던 것인지 X-S21이 주춤거렸다.

"좋아. 이대로 몰아쳐!"

"다들 소지하고 있는 깃발 아이템들부터 바닥에 꽂아!"

"적월 길드는 전원 마스터님을 따라 하단을 공략해라!"

"궁수들은 주위에 속박된 다른 로봇들부터 집중적으로 처리해!"

체계적인 지시가 이어지자 무너지기 일보 직전이던 진형이 다시금 유지되기 시작했다.

그렇게 위험천만하던 상황을 잘 흘려 넘긴 리오스 진영.

'저런 대형 몬스터가 로봇들 사이에 숨어 있다, 이거지?'

유리막을 통해 그들을 살펴보던 혜림이 천천히 미소를 띠고 있었다.

[2번 방에 있던 안드로이드 X-E30이 변이했습니다.]

두 번째 변이 몬스터가 등장한 것은 첫 번째 X-S21이 등장한 지 얼마 안 되어서였다. 이번에 놈이 출현한 방은 다름 아닌 체이서가 위치한 2번째 방.

"우린 인원도 별로 안 남아 있는데 왜 하필 여기서!"

"저리 비켜. 나부터 살 거야!"

"으하하하! 망했어. 망했다고!"

섹터 E 구역에서 많은 희생이 있었던 머더러들은 강력한 냉동빔에 속전속결로 쓰러지고 있었다.

하지만 그것도 잠시.

[2번 방의 몬스터들과 1번 방의 몬스터들이 서로 교체됩니다.]

혜림이 방에 설치된 교체 장치를 사용하자 아수라장이던 방 안이 단숨에 고요해졌다. 어느새, 횡하던 첫 번째 방으로 이동되어 있는 대량의 안드로이드들.

그제야 유리막을 통해 다른 진영을 살펴보던 플레이어들이 스위치의 용도를 깨닫게 됐다.

'두 번째 방의 스위치는 왼쪽 방과 서로 몬스터들을 교체할 수 있는 효과. 분명 처음 오는 걸 텐데 벌써 스위치의 용도를 파악한 건가.'

'휴먼 메트로 때부터 알고는 있었지만 역시 저 여자는 거슬

린단 말이지.'

'이런 식으로 몬스터들을 교체할 수 있다면 우리 쪽은 편하게 버틸 수 있겠는데?'

두 명의 회귀자와 한 명의 머더러.

시시각각 달라지는 상황 속에서 그들의 입장 차이는 분명했다. 그리고 뒤늦게 3번 방에서 또 한 마리의 로봇이 변이를 시작하자 태현도 재빨리 방 안에 있던 스위치를 발동시켰다.

[3번 방의 몬스터들과 4번 방의 몬스터들이 서로 교체됩니다.]

마지막에 발동된 3번 방의 교체 스위치는 좌우로 놓인 방을 하나 선택해 몬스터들을 서로 교체하는 스위치였다.

때문에 비교적 무난하게 로봇들과 교전하고 있던 펄션 길드는 때아닌 수난을 맞이했지만, 사전에 설명을 들었던 종호만큼은 이 상황을 이해할 수 없었다.

"좌우로 몬스터를 교체할 수 있다면 아예 머더러들이 있는 2번 방과 교체를 했어야 되는 것 아닙니까?"

"아, 걱정 마십시오. 어차피 저쪽은 알아서 무너질 테니까 말이죠. 우선 안정적으로 버티고 있는 펄션 길드부터입니다."

두 마리의 X-S21을 동시에 상대하게 된 4번 방의 플레이어들. 심각할 정도로 머더러들에게 살기를 품는 종호였지만, 태현은 느긋하게 유리막을 통해 펄션 길드원들을 살펴볼 뿐이었다. 그렇게 상황이 다시금 반전되자 다급해지는 것은 박혁 쪽이었다.

"한상훈. 이제 어쩔 생각이냐?"

"어쩌긴 뭘 어쩐다는 거지. 스위치도 스킬처럼 재사용 대기 시간이 존재한다는 것은 미리 알려줬을 텐데?"

"……설마."

뒤에서 잠자코 대기하고 있던 용찬이 마침내 자리에서 일어났다.

"너희들이 한 마리를 맡아라. 나머지 한 마리는 우리가 맡도록 하지."

"미치겠군. 네놈. 지금 제정신이냐?"

"아, 물론……."

미처 말이 끝나기도 전에 시위를 당기는 헥토르.

[룬 화살이 발동됩니다.]
[랜덤으로 화속성 효과가 부여됩니다.]

콰아아앙!

강렬한 불길이 X-S21을 뒤덮으며 박혁의 시선이 정면으로 향했다.

-침입자 인식 완료. 제거! 제거! 제거!

"제정신이지."

"오, 이런 맙소사."

절망을 알리는 선제공격이었다.

"망했군. 얼른 다시 어그로를……."

"그럴 필요 없어. 어차피 우리도 저놈을 쓰러트리진 못하니까."

리오스 진영도 두 길드의 협동 하에 간신히 막아낸 놈이다.

그나마 태현과 일행들이 타격을 준 덕분에 상태는 온전하지 않았지만, B급 네임드를 상대로 승리한다는 것은 현재 용찬에게도 불가능한 일이었다.

-제거! 제거! 제거!

특히 이전 전투를 거치며 두 번째 패턴으로 넘어간 것인지 과도하게 팔을 흔드는 X-S21.

뒤늦게 전기톱으로 이루어진 양팔이 드러나자 바쿤의 병사들도 본격적으로 나서기 시작했다.

"젠장. 알아서 해라!"

"아, 그전에 레버튼도 이리 넘겨."

"아주 끝까지 제멋…… 하아. 금방 그쪽으로 보내주지."

결국 박혁은 급한 대로 길드원들과 함께 나머지 한 마리를 맡기 시작했고, 얼마 되지 않아 레버튼이 멍한 표정으로 쪼르르 달려왔다.

"가, 갑자기 왜 부른 거야. 저놈들 때문에 한시가 급한 것 같은데."

"어차피 도움도 안 될 건데. 그냥 여기 있어라."

"뭐라는 거야. 나도 이제 좀 도움이 된다고! 무, 물론 그것도 너 덕분이지만."

"한시가 급한 것은 여기도 마찬가지야. 그리고 네가 특별히 맡아줄 일도 있고."

"맡아줄 일?"

버럭 성을 내던 레버튼이 돌연 눈을 반짝거린다.

마침 X-S21과 교전을 시작한 루시엔과 록시.

첫 대치부터 아슬아슬해 보이는 상황에 용찬이 대뜸 그의 등을 걷어찼다.

"네가 잘하는 게 하나 있지 않나?"

"어, 엉?"

"어그로 끌기."

"……."

혹여 자신이 잘못 들은 게 아닐까.

순간 고개를 갸웃거렸지만 달라지는 것은 없었다.

"으아아아아. 왜 또 이런 역할이냐고오오!"

-말소! 말소! 말소!

어느새 레버튼을 쫓아다니며 전기톱을 들이미는 X-S21.

순식간에 어그로꾼이 된 그는 어떻게든 살기 위해 열심히 방 안에서 도망쳐 다니고 있었다.

"로드멜. 최대한 저놈에게 스킬을 집중해라. 한눈팔다간 그대로 죽어버릴 테니까."

"이미 버프와 힐을 최대한 집중시키고 있습니다. 한데, 정말 괜찮으시겠습니까? 당장 보기만 해도 아찔한데."

"걱정 마라."

로드멜 곁에 있던 용찬의 신형이 빠르게 쇄도한다. 뇌보를 시전해 놈의 뒤로 이동한 용찬은 육중한 건틀릿을 휘두르며 철 갑판을 두들겼다.

-치명상! 치명상!

약점이라도 공격당한 것인지 거친 연기를 뿜어내는 X-S21.

순간 작동을 멈춘 놈을 보며 용찬은 입가를 말아 올렸다.

"오히려 두 번째 패턴에 돌입한 이놈을 상대로 어느 정도 시간은 벌 수 있으니까."

그 시각, 로보틱스 팩토리의 마지막 구역인 중앙 관리실.

화면을 통해 섹터 F 구역을 살피고 있던 코멜은 쉽게 전멸당하지 않는 플레이어들의 모습에 속이 타들어 갔다.

"왜 저렇게 잘 버티는 거야. 분명 경보 발령 3단계잖아!"

-플레이어들이 예상보다 빠르게 교체 스위치의 용도를 파악한 것이 원인인 것 같습니다.

"……나도 알아. 알고 있다고. 하지만 저렇게 활용까지 잘해낼 줄은 몰랐어. 게다가 저놈."

유적지를 돌파하는 내내 신경이 쓰이던 무투가 한 명이 중앙 화면에 잡힌다.

마치 기체의 구조를 꿰뚫고 있다는 듯 정확히 전력 코어가 위치한 곳만 노리는 전투 방식. 뒤따라 다른 동료들까지 합세하자 계속해서 작동을 멈추는 X-S21였다.

"2단계 패턴으로 강화되면 뭐 해? 저렇게 계속 작동을 멈추면 아무짝에도 쓸모가 없잖아!"

-쓸모가 없잖아!

"내 말 따라 하지 말라고 했지. 리우스!"

-…….

"젠장. 금방 복구는 하겠지만 이런 상황은 안 좋아. 안 좋다고. 얼른 그걸 발동해야 해!"

섹터 F 구역은 각 방마다 교체 스위치라는, 위기의 순간을 잠시 모면할 수 있는 장치가 마련되어 있다. 하지만 난이도 A급의 고대 유적지답게 출현하는 몬스터들의 등급은 높았고 더불어 숨겨진 제한이 또 하나 존재하고 있었다.

일명 타임 리미트.

-제한 시간 초과. 첫 번째 방부터 대량의 안드로이드들이 투입됩니다.

"오오! 드디어 시작되는구나!"

마침 로봇들만 득실거리던 첫 번째 방으로 새로운 로봇들이 추가로 투입됐다.

코멜은 공중에 뜬 타임 메시지를 보며 환호했고, 얼마 되지 않아 두 번째 방에 있던 머더러들이 유리막을 통해 그 상황을 눈치채기 시작했다.

다만, 안타깝게도 두 번째 방의 교체 스위치는 이미 혜림에 의해 발동된 상태.

"이제 와서 알아채 봤자 소용없다고. 타임 메시지의 정해진 시간이 끝나는 순간 첫 번째 방의 몬스터들이 두 번째 방으로 이동될 테니까!"

정해진 순서대로 다음 방으로 이동되는 안드로이들을 생각해 봤을 때 가장 먼저 전멸당하는 것은 당연히 체이서 집단이었다.

"리우스. 당장 스위치 재사용 대기 시간을 눈앞으로 띄워!"

-알겠습니다.

지시가 떨어지자 금방 화면 속으로 교체 스위치의 쿨타임이 나타났다.

[2번 방:17분]

[3번 방:14분]

[4번 방:11분]

거의 3분 간격으로 차이가 벌어져 있는 각 무리들.

한 방마다 적용되는 타임 리미트의 시간이 10분이란 것을 고려했을 때, 3번 방과 4번 방은 다시금 스위치를 사용할 기회가 주어져 있는 상태였다.

"용케 일찍 도착해 자리 선점을 한 모양이지만 타임 리미트가 시작된 이상 열 명 이하로 남은 방으로는 교체가 불가능하지. 결국 너희들은 모조리 전멸당해 시체만 남게 될 거다. 캬하하하!"

-캬하하하!

"……."

광오한 웃음소리가 멎어 든다. 잠시 기계 팔을 부들부들 떨던 코멜은 뒤늦게 인간의 한숨 소리를 흉내 내며 등을 돌렸다.

"……역시 이번 공략만 저지하는 대로 자아 인공지능을 한 번 손 봐야겠어."

-저의 창조주이신 코멜 님께 다시 한번 존경심을 표하는 바입니다.

"이미 늦었어!"

늘 그렇듯이 유치한 대화가 오가는 중앙 관리실이었다.

[타임 리미트:7분 32초]

'드디어 버티기 시간이 왔군. 유태현. 저놈도 이것을 노려서 일찍 스위치를 사용했을 테지.'

타임 리미트에 맞춰 초기화되는 재사용 대기 시간.

그리고 방 번호 순으로 이동되는 대량의 몬스터들까지.

결국 마지막에 안드로이드들을 전부 상대해야 하는 4번 방이었기 때문에 쉽사리 스위치를 사용하지 못한다는 점을 꿰뚫은 태현의 노림수라고 볼 수 있었다.

'그래도 뒤로 밀려 있는 방일수록 스위치 사용 타이밍을 쉽게 노릴 수 있다는 장점이 있지. 게다가 앞방에 있는 무리들이 먼저 전멸당하는 메리트도 있고 말야.'

기껏 고생하며 E 구역을 일찍 넘어온 이유는 바로 이런 점들에 있었다.

위이이잉!

상념에 빠져든 사이 정면으로 전기톱이 쇄도해 왔다.

[신속 가르기가 발동됩니다.]

[청광이 발동됩니다.]

적절한 순간에 좌우로 발동되는 두 명의 스킬.

그동안의 노력이 헛된 게 아니라는 것을 증명하듯 재빠르게 견제하는 루시엔과 록시였다.

하지만 이런 전투도 한계에 달한 것일까.

[X-S21의 철 갑판이 강화됩니다.]

[X-S21의 전력 코어가 강화됩니다.]

B급 네임드 보스답게 스스로 방어력을 보완해 가고 있었다.

"이런 방법도 곧 있으면 통하지 않겠군. 헥토르. 마력 트랩을 좀 더 깔아라."

"옙!"

"로드멜. 지금부터 나에게 스킬을 집중시켜라."

"알겠습니다."

마탄의 사수가 설치하는 마력 트랩은 일시적으로 적을 속박하는 효과를 가진다. 이젠 레버튼에 이어 직접 시선을 끌어야만 하는 상황이다.

용찬은 남은 기력과 마력을 체크한 뒤, 빈 공간을 따라 쭉 내달리기 시작했다.

-침입자!

"그래. 이리로 와라."

이동 속도까지 상승한 것인지 X-S21이 순식간에 뒤를 쫓아왔다. 그리고 바닥에 설치된 마력 트랩을 밟는 순간 사방으로 마력이 발산됐다.

"이때다. 아까 알려준 부위를 공격해."

"하아아압!"

"흐읍!"

아무리 내구도가 강화되었다고 해도 결국은 기계에 불과한 안드로이드. 전처럼 쉽게 작동이 멈추지는 않았지만 그럼에도 아직까진 효과가 먹혀들고 있었다.

그렇게 계속해서 병사들과 함께 놈을 유인하며 시간을 벌고 있었을까.

"커억!"

"내, 내 몸이 얼어붙……."

"뒤로 물러나. 더 이상은 못 버텨!"

펼선 길드 쪽도 슬슬 한계가 드러나기 시작했다.

"한상훈. 여기서 더 어떻게 해란 말이냐. 당장 스위치를 작동시켜!"

거의 반 이상의 길드원들이 전멸당하자 박혁도 더 이상 참지 못하고 소리를 내질렀다.

하지만 들려오는 대답은 오직.

"조금만 더 버텨. 이제야 타임 리미트가 시작됐어."

이 말 한마디뿐.

붙잡을 수 있는 희망이라곤 용찬이 사전에 설명했던 교체 스위치밖에 없었다. 결국 이성이 날아간 박혁은 당장 용찬에게 달려들 기세로 등을 돌렸지만 끝내 남아 있던 길드원들이 발을 붙잡았다.

[1차 타임 리미트가 종료됩니다.]

어느 정도 시간이 지나 두 번째 방으로 이동된 대량의 몬스터들.

"배, 백련 님. 다시 한번 교체 스위치를!"

"끄아아악!"

"간신히 살아남았는데 여기서 내가 죽는다고?"

미처 이런 상황을 예상 못 한 머더러들은 추풍낙엽처럼 쓰러져 갔다.

타임 리미트를 모르던 혜림이 일찍 스위치를 작동시키면서 최후의 보루까지 사라진 셈인 것이다.

그렇게 가장 먼저 두 번째 방의 인원이 열 명 이하로 줄어들자 남은 세 번째 방과 네 번째 방의 플레이어들은 극도의 불안에 떨게 됐다.

[2차 타임 리미트:8분 53초]

천천히 조여오는 죽음에 대한 두려움.
7분, 5분, 3분……. 시간이 줄어듦에 따라.
주변에 늘어나는 동료들의 시체.

[2차 타임 리미트가 종료됩니다.]

인간을 나락 끝까지 밀어 넣는 고통의 시간 속에서 마침내 리오스 진영이 대량의 몬스터들을 맞이했다.
"태현 님. 이제 저희 차례입니다!"
"방패병 분들은 2열로 진형을 갖추고 계속해서 줄을 교체해 주십시오. 그리고 성직자분들은 최대한 신성력을 아낌없이 사용해 선두를 지원해 주시기 바랍니다."
"성기사 분들은 저와 함께 방패병들을 주위로 포진합니다."
마치 기다리고 있었다는 듯 리더들의 지시가 떨어진다.
최후의 전투를 위해 모든 아이템과 기술들을 아낌없이 준

비하는 플레이어들. 그리고 예고했던 대로 3번 방의 교체 스위
치가 다시금 발동됐다.

[3번 방의 몬스터들과 4번 방의 몬스터들이 서로 교체됩니다.]

단숨에 뒤바뀌는 두 진영의 안드로이드들.

가뜩이나 X-S21에게 고전하던 펄션 길드원들은 대량으로
나타난 로봇들의 모습에 절망을 느꼈다.

"하, 한상훈. 이쯤 하면 됐잖아. 얼른 스위치를 작동시켜. 이
대로 간다면 너희도 우리도 전부 전멸이다!"

"흐음. 그럴 것 같지는 않은데 말이지."

"……뭐?"

실낱같은 희망을 쥐고 있던 박혁의 얼굴로 그림자가 드리운다.

전투 불능 상태가 되어 기절한 레버튼을 들쳐 메고 있는 용
찬. 그리고 함께 전투를 치르던 동료……

"자, 잠깐. 동료들은 어디 간 거야?"

"그건 알 필요 없고. 너희들은 여기서 죽어줘야겠어."

"그게 무슨 말이야. 거래, 거래는 어떻게 되고?"

사방으로 적들에게 둘러싸인 박혁이 간절한 얼굴로 물어온다.

하지만.

"내가 언제 너희들을 살려준다고 말이나 했던가. 난 그저 공

략법에 대해 알려준 것뿐이야. 목격자는 레버튼. 이 한 명이면 족할 테지."

마왕은 그저 비릿한 미소를 흘리며 등을 돌릴 뿐이었다.

그렇게 유일하게 남아 있던 희망이 사라지자 찾아오는 것은 수천 마리의 로봇들.

"아, 안 돼. 이럴 수는 없어. 돌아와. 어딜 가는 거야!"

"⋯⋯."

"그래. 스위치. 교체 스위치만 작동시키면 조금이라도 버틸 수 있어!"

뒤늦게 설치된 스위치로 달려들려 했지만 이미 눈앞으로 흉측한 집게 팔들이 가까워져 있었다.

-침입자. 제거!

"한상훈. 개자식. 죽여 버리겠어. 한상훈 기필코 널 죽여⋯⋯ 끄아아악!"

결국 박혁의 원한 어린 비명 소리와 함께 길드원들이 단체로 몰살당하기 시작했다. 그리고 반대편에서 유리막을 통해 그 광경을 지켜보던 태현은 회심의 미소를 지으며 이동을 준비했다.

'그래도 펄션 길드의 전력이 예상보다 떨어져서 다행이야. 아니, 어찌 보면 적월 길드의 합류가 도움이 된 건가. 어디에 숨어 있는지는 몰라도 꽤나 스위치를 사용하기가 고민될⋯⋯.'

[4번 방의 몬스터들과 3번 방의 몬스터들이 서로 교체됩니다.]

굳게 닫혀진 정문으로 향하던 발걸음이 멈춰진다.

어느새 자신들의 방으로 되돌아온 대량의 몬스터들.

"뭐, 뭐야. 저 자식들. 왜 스위치를 사용한 거야!"

"어차피 타임 리미트가 끝나면 다시 4번 방으로 넘어가는 거 아니었어?"

"이, 일단 저놈들부터 막아!"

결국 리오스 진영은 정문을 앞두고 몰려오는 안드로이드들을 다시금 상대해야만 했다.

'도대체 왜 지금 사용한 거지. 다급한 상황인 것은 맞지만 결국은 4차 타임 리미트가 끝날 때까지 모든 안드로이드들을 감당해야만 할 텐데?'

뒤늦게 건너편 유리막을 확인해 봐도 가면을 쓴 자들은 일체 보이지 않았다. 오히려 기존에 상대하고 있던 X-S21들만이 바닥의 시체를 짓밟고 있는 상황.

[3차 타임 리미트가 종료됩니다.]

[4차 타임 리미트가 종료됩니다.]

그런 태현의 의문 속에서 시간은 빠르게 흘러갔고, 마침내 모든 타임 리미트가 종료되며 섹터 F 구역의 안드로이드들이 사라졌다.

"이런. 갑자기 저쪽이 스위치를 사용하는 바람에 피해가 더욱 심각해졌군요. 이제 거의 정예 인원들밖에 남지 않았습니다."

"……"

"어쩌시겠습니까. 일단 구역 전체로 드랍된 아이템과 장비들이 있는데 차라리 저것들을 회수하시면서 잠시 휴식이라도 취하시는 게?"

"……아닙니다. 우선 올라가도록 하죠."

네 번째 방을 유심히 살피던 태현이 동현의 부름에 고개를 돌렸다. 끝내 의문은 해결이 되지 않고 있었지만 이제 눈앞의 승강기만 타면 곧장 중앙 관리실이었다.

그렇게 소수의 인원만 남은 리오스 진영은 정문과 연결된 승강기에 몸을 실었고, 유리막이 사라진 F 구역은 시체들 사이로 침묵이 감돌았다.

하지만.

저벅저벅.

그런 공허한 침묵도 서서히 가까워지는 발소리에 금방 깨지고 말았다.

◀ 40장 ▶
변화의 시작점

'록시. 이 부근에 모래 통로를 만들어 놔라.'

'위르겐. 넌 중앙 다리 부근에 탐색자의 눈과 함께 폭탄을 설치해 놔라.'

'거래 내용은 레버튼은 통해서 들었겠지?'

계획의 시작은 섹터 E 구역에서부터였다.

타임 리미트를 버텨내기 위해 필요한 전력은 펄션 길드원.

그 수단은 계약의 수정이었고 공략법을 알려주는 대가로 그들을 F 구역으로 끌어들였다. 그리고 가장 먼저 네 번째 방을 선점하며 최대한 시간을 벌었고, 두 번의 교체 스위치 활용을 통해 리오스 진영의 전력을 깎아 내렸다.

'내가 언제 너희들을 살려준다고 말이나 했던가. 난 그저 공략법에 대해 알려준 것뿐이야. 목격자는 레버튼. 이 한 명이면 족할 테지.'

처음부터 노린 것은 그들을 방패막이로 삼아 목격자를 제거하는 것. 레버튼을 홀로 생존시켜 펄션 길드로 돌려보내는 것이 부가적인 목표라고 볼 수 있었다.

비록 리오스 진영의 전력이 예상보다 뛰어나 스위치를 사용하는 타이밍이 애매해지긴 했지만, 록시의 모래 통로를 믿고 한 번 더 인원수를 줄이며 안전히 F 구역을 빠져나갈 수 있었다.

[혈원의 약초를 사용했습니다.]
[지정한 대상에게 정신계 면역 효과가 발동됩니다.]

'이걸로 한동안 기억을 빼낼 수도 없겠지. 처음부터 정신계 쪽으로 면역력이 높은 자들도 다수 존재하니까 정보원들 입장에선 착각할 수도 있을 테고.'

물론 대형 길드답게 약초의 사용 여부를 꿰뚫어 볼 가능성도 있긴 했지만, 그것까지 계산 못 할 용찬이 아니었다.

[레머릿을 사용했습니다.]

[지정한 대상의 상태 효과 흔적들을 제거합니다.]

약초에 이어 푸른 캡슐까지 레버튼에게 사용했다.

레머릿은 플레이어에게 적용됐던 모든 아이템 및 기술 등의 흔적을 지우는 효과. 주로 디텍터 및 정신계 기술을 가진 자들에게 대응하기 위해 사용되는 고급 아이템이었다.

'이런 아이템들이 마계에 널려 있는 것을 봐선 역시 마족 놈들은 플레이어 아이템의 가치를 제대로 모른다고 봐야 할 테지. 이제 나에 대한 것만 제대로 입막음시키면 되겠어.'

가볍게 설정을 꾸며본다면 펄션 길드가 전멸당하기 직전 그를 구하고 가까스로 유적지를 탈출했다는 정도. 어느 정도 의심을 지우고 통제만 잘 시킨다면 충분히 제 역할을 해낼 수 있을 것이다.

그렇게 모든 준비를 마친 용찬은 레버튼을 내려놓고 F 구역을 쭉 둘러봤다.

유혈이 낭자한 구역 전체로 가득 쌓인 시체들과 아이템들.

따로 드랍된 장비와 아이템을 회수도 하지 않고 올라간 것인지 3번 방의 승강기는 이미 작동 중인 상태였다.

"쯧. 어지간히도 급했나 보군."

"냐아아앙?"

"먼저 코멜을 잡으러 갔다면 급하게 따라갈 필요는 없겠지. 그럼 먼저……"

천천히 굴러가던 두 눈동자가 멈춘다.

점점 빨라지는 발걸음. 목표를 놓치지 않는 사냥꾼 본연의 눈빛. 그리고 마침내 양손에 쥐어지는 사냥감.

용찬은 시체 속에 파묻혀 있던 백색 꽃을 움켜쥐며 입가를 말아 올렸다.

"저번에 못다 한 일부터 마저 끝내보자고."

"어, 어떻게?"

꽃봉오리 속에서 튀어나오는 가녀린 신형.

"차혜림."

그 정체는 다름 아닌 체이서 집단의 혜림이었다.

자리의 중요성을 깨달은 것은 첫 번째 타임 리미트가 발동되던 시점이었다.

'뭐야. 갑자기 타임 리미트라니. 방금 스위치를 사용했는데 어떻게 살아남으란 거야?'

급격히 밀려오는 대량의 몬스터들.

재사용 대기 시간이 남아 있는 교체 스위치.

엎친 데 덮친 격으로 쏟아지는 안드로이드에 머더러들이 몰살당하는 것은 순식간이었다.

결국 혜림이 선택한 결정은 홀로 살아남는 것.

[백화가 발동됩니다.]

일정 시간 동안 꽃으로 둔갑할 수 있는 드루이드 전용 스킬은 그녀의 목숨을 살렸고, 타임 리미트가 끝난 이후에도 보란 듯이 살아남아 F 구역에 잔류할 수 있었다.

하지만 한 가지 간과하고 있었던 것은 또 다른 생존자.

'저기는 분명 E 구역으로 이어지는 통로일 텐데. 어떻게 저기서 나오는 거지. 아니, 그보단 나 말고 다른 생존자가 있었다고?'

어깨 위에 고양이를 앉혀두고 유유히 걸어오는 로브의 남자는 겉으로만 봐도 범상치 않았다.

'만약 빈틈이 생긴다면 기회를 노려 기습을 할 수 있지 않을까.'

잠시 갈등하던 혜림이었지만 돌연 그 남자가 자신 쪽으로 걸어오면서 상황은 변해 버렸다.

덥석!

"차혜림."

온몸에 털이 곤두서는 강렬한 공포, 마치 데자뷔처럼 뇌리를 스치고 지나가는 기억에 두 눈동자가 파르르 떨려왔다.

"너, 너는?"

"아, 그래. 후드를 벗어줘야 정확히 알 수 있겠지."

로브의 남자, 아니, 용찬이 깊게 눌러 쓴 후드를 뒤로 젖히자 익숙한 안면이 드러났다.

사신 아카데미에서 매혹안을 파훼하고 역으로 자신의 목숨을 노렸던 플레이어. 체이서를 통해 다인 진영까지 침투해도 끝내 찾아내지 못했던 무투가가 지금 이 자리에 나타난 것이다.

[가시 속박이 발동됩니다.]

[페레스의 망토 효과가 발동됩니다.]

[속박 실패!]

바닥에서 솟아난 가시들이 튕겨져 나간다.

"안 통해?"

"저번에 뭐라고 했었지. 언제고, 반드시 찾아온다고 했었나."

"치잇!"

연달아 나무줄기들이 채찍처럼 휘둘러졌지만 소용없었다.

이미 등급을 떠나 드루이드의 스킬들을 대부분 꿰뚫고 있던 용찬에게 더 이상의 반격은 통하지 않았다.

그저.

"그땐 어이없게 놓쳐 버렸지만 두 번은 없어."

무의미한 발버둥일 뿐.

콰콰콰쾅!

사방으로 몰아치는 검은 뇌전에 나무줄기들이 산산조각 난다.

그사이를 비집고 들어간 흉폭한 손길에 붙잡히는 머릿결.

"이, 이거 놔. 놓으라고!"

어떻게든 살아남기 위해 혜림이 급히 몸부림쳤지만, 용찬은 틈도 내주지 않고 신속히 그녀를 제압했다.

파지지직!

"꺄아아악!"

빠르게 퍼져가는 뇌전이 온몸을 감전시킨다.

그제야 용찬은 편하게 자세를 잡으며 본격적으로 대화를 시작했다.

"기회는 단 한 번뿐이야. 깊이 고민하고 대답하는 게 좋을 거다."

"……."

"유태현을 어떻게 알고 있지?"

"……아하하하. 겨우 그거 물어보려고 이렇게 폼 잡은 거였어? 참으로 대단하시네."

"음. 역시 버릇은 안 고쳐지나 보군."

아마 혜림은 잘 모를 것이다.

콰직!

"아아아악!"

과거 자신이 어떤 삶을 살아왔는지.

어떤 마음가짐으로 하멜에서 버텨왔는지.

[파쇄가 발동됩니다.]

쾅!

그리고 얼마나 많은 자를 죽이며 권좌까지 올라섰는지 그녀는 모를 수밖에 없었다.

"양팔이 아작나는 고통은 어때. 이제 어느 정도 실감이 나나?"

"끄으으으. 죽여 버릴……."

"아직 부족한가 보군."

다시금 파쇄가 혜림의 다리로 작렬한다.

얼마나 고통스러운 것인지 두 눈이 붉게 충혈된 것이 보였다. 하지만 용찬은 거리낌 없이 복부를 걷어차며 현실을 자각하게 해주었다.

"쿨럭! 쿨럭!"

"왜 그러지. 내가 다른 멍청한 놈들처럼 여자라고 봐줄 줄 알았나?"

"……끄으. 주, 죽기 싫어."

"그래. 죽기 싫으면 어떤 말이든 씨불어 봐."

"죽기 싫어. 살려줘. 살려주세요!"

결국 극심한 고통에 굴복을 택한 것일까. 아까 전 기세와는 달리 혜림이 비참하게 목숨을 구걸하기 시작했다.

하지만 이것은 자신은 원하던 반응이 아니다.

쾌지직!

"제발 살······."

메아리치듯 울려 퍼지는 총성.

"너한테 물어본 내가 바보였군."

뇌전이 깃든 일점 격발을 끝으로 구역 전체가 고요해졌다.

용찬은 얼굴에 튀긴 핏물을 닦아내며 등을 돌렸다.

그리고 앞서 귀환시켰던 바쿤의 병사들을 다시 소환하며 바닥에 널린 아이템과 장비들을 가리켰다.

"회수부터 시작해라."

[$ㅅ$]

"오오옷. 저기 화살들도 잔뜩 널려 있어요!"

드랍된 귀중품에 눈이 돌아간 쿨단과 헥토르가 급히 달려간다. 뒤따라 멀뚱거리던 록시도 루시엔을 따라 아이템들을 주워 담기 시작했지만, 아무래도 일손이 부족한 게 절실히 느껴졌다.

"……이러다간 꽤 시간이 오래 걸리겠는데."

"냐앙. 나를 잊지 마라. 주인!"

"음?"

잠시 잊고 있었던 체셔가 어깨에서 내려와 기체로 형태를 변형했다.

[어둠의 정령 체셔가 골드 주머니를 습득했습니다.]

[어둠의 정령 체셔가 티타늄 합금 벨트를 습득했습니다.]

[어둠의 정령 체셔가 고통의 지팡이를 습득했습니다.]

끝도 없이 눈앞으로 떠오르는 획득 메시지. 직접 보고도 믿기지 않는 광경에 병사들의 눈이 휘둥그레졌다.

"저런 능력을 가진 정령이 있다고?"

"우와. 무쓸모 정령이 드디어 도움이 되고 있어!"

"……헥토르 님. 너무 그렇게 직접적으로 얘기하시면 정령도 상처를 받습니다."

과연 헥토르의 말대로 조금은 쓸모가(?) 있어진 체셔였다.

'이런 식으로도 드랍된 아이템을 주울 수 있다니. 가만, 저 체셔의 능력을 이용한다면?'

뜻밖의 능력에 머리가 돌아가기 시작한다.

고대 유적지의 유물을 얻을 수 있는 중앙 관리실.

체셔를 잘만 활용한다면 기회를 틈타 유물을 뺏는 것도 가능할지 몰랐다.

"이건 안 주우실 거예요?"

"……그러고 보니 잊고 있었군."

언제 다가온 것인지 루시엔이 시체 근처의 아이템을 주워서 건넸다.

[정체불명의 씨앗]

[안나의 모종삽]

'차혜림이 갖고 있던 건가? 그 여자가 가지고 있던 것치곤 의외로 드랍템이 소박한데.'

드루이드의 특성상 식물과 관련된 아이템이라 억지로 지니고 다녔을지 모른다.

용찬은 두 개의 아이템을 마저 인벤토리에 집어넣고 반쯤 아이템들을 확인했다.

'이러다간 인벤토리가 먼저 꽉 차겠군. 슬슬 공간도 늘려놔야 할 텐데. 어쩔 수 없지. 일단 여기까지 할 수밖에.'

괜히 미련을 가져서 좋을 것은 없다. 결국 일행은 절반가량의 아이템을 포기하며 승강기 앞으로 모여들었다.

"냐아아앙. 칭찬해라, 주인. 내가 이만큼 물건들을 모아왔다."

"그나마 쓸모 있는 짓을 했군. 잘했다."

"냐아아."

자연스레 볼에 뺨을 비비는 체셔.

익숙지 않은 감촉에 인상이 구겨졌지만, 체셔는 그만두지 않았다.

그사이 쿨단은 무엇을 또 주워온 것인지 고글같이 생긴 장비를 매만지고 있었는데, 한차례 저주받은 장비에 당한 경험이 있음에도 불구하고 또다시 실수를 저지르고 말았다.

"어라. 쿨단 님. 그건 또 뭐예요?"

-치지지직.

"어, 어?"

까맣게 물든 고글 위로 불빛이 번쩍거린다.

마치 네온사인처럼 형형색색의 글자들이 떠오르는 고글.

-완료, 준비.

"……."

"……."

불쾌할 정도로 굵직한 인공지능 목소리가 울려 퍼지자 모두들 입을 다물고 말았다.

"……방금 뭐라고 했지?"

-거절, 거절, 거절. 무장, 완전.

"세상에. 쿨단 님이 목소리를 내고 계셔!"

비록 익숙한 안드로이드의 목소리였지만 쿨단이 직접 의사 표현을 하고 있단 것은 변함이 없었다.

물론.

-한다. 지배. 저항한다. 주인!

"……."

용찬의 속을 벅벅 긁는 것도 달라진 게 하나 없었지만.

"가, 갈수록 이상한 장비들만 수집하고 계시는군요."

"하아. 어쩔 수 없지. 일단 급한 대로 올라가는 수밖에."

"알겠습니다. 마왕님."

최대 수천 명의 인원까지 수용하는 거대한 승강기에 몸을 싣자, 금방 전력이 공급되며 상층으로 올라가기 시작했다.

이제 최후의 결전만을 남겨두고 있는 중앙 관리실.

띠링!

몇 차례나 이전 삶을 되돌아보던 용찬의 앞으로 마침내 상층 내부가 드러났다.

"어, 얼른 놈들을 전부 해치워 버려. 리우스!"

-비상 프로그램 작동. 침입자를 제거합니다.

기계 팔을 흔들며 격렬히 저항하고 있는 코멜. 커다란 유리관 속으로 얼굴 형상을 드러낸 자아 인공지능 리우스. 그리고 리우스가 소환시킨 안드로이드를 상대하고 있는 리오스 진영 플레이어들까지.

파지지직!

최후의 최후까지 살아남은 생존자들이 드디어 한자리에 모였다.

"엇. 저 자식들은 뭐야?"

"아까 전에 다른 진영 놈들은 다 죽은 거 아니었어?"

"누, 누가 저놈들 좀 막아봐!"

순식간에 두 번째 승강기 쪽으로 시선이 모여든다. 하지만 반대로 용찬의 시선은 오직 한 남자를 향하고 있었다.

허공에서 마주치는 두 명의 눈빛.

휴먼 메트로에 이어 다시금 마주치게 된 태현이었다.

그리고.

"전부 쓸어버려라."

이번만큼은 마왕도 망설이지 않았다.

'어떻게 승강기를 통해 올라온 거지. 분명 다른 방까지 전멸당하는 것을 확인했는데?'

'그래. 당황하고 있을 테지. 내가 마왕이 된 것은 네놈의 예상 안에 없었을 테니까.'

동시에 회귀했지만 이젠 정반대 입장에 서게 된 두 명의 플레이어. 하지만 안타깝게도 한쪽은 상대방에 대한 정보가 거의 없었다. 그리고 상황 파악을 끝낸 용찬이 가장 먼저 제동을 걸었다.

콰콰콰쾅!

성직자들이 몰려 있던 후방으로 몰아치는 천둥 벼락.

"그때 거울성에서 도망쳤던 무투가 놈?"

"요상한 동물 가면들까지. 아주 가관이로군."

"얼른 저놈들부터 막……."

버럭 소리치던 레이에게로 두 자루의 검이 쇄도했다.

치잉!

"이런, 이런. 네 상대는 나라고."

다시금 신속화를 쓴 루시엔의 앞을 가로막는 유이치.

뼈아픈 패배의 기억 때문인지 루시엔은 분노 어린 기세를 감추지 못했다.

[매화가 발동됩니다.]

붉게 물든 기력이 꽃처럼 피어난다. 광폭 상태로 댄싱 검술을 발현한 루시엔은 빠르게 도를 흘리며 연달아 반격을 가했다.

미처 예상치 못한 자신의 기술에 유이치는 잠시 당황스러워했고, 몇 차례 공방을 거치며 그녀의 실력이 발전했다는 것을 깨달았다.

"호오. 실력이 많이 좋아졌는데. 근데 내 기술은 어떻게 훔쳐간 거야."

"······알 필요 없어. 어차피 넌 오늘 여기서 죽을 테니까."

"하아. 이것 참. 여전히 말귀가 안 통하네. 뭐, 그래도 너 같은 상대는 또 처음이니까."

한차례 겪어본 상대가 발전한다는 것은 다른 의미로 즐거운 일이다. 순수히 전투를 즐기는 유이치에게 있어 이만한 적은 또 없을 것이다.

그렇게 두 명의 대치 구도가 이루어지자 다른 쪽에서도 한 명씩 병사들을 맡기 시작했다.

"아니, 왜 또 너야?"

"에헤헤헤. 그래도 전과는 좀 다를 테니 기대하라고."

"후우. 또 뵙게 되는군요."

"······."

레이는 헥토르를, 동현은 록시를.

"비켜라. 난 뒤에 무투가에게 볼일이 있으니까."

-거절. 전투 개시.

"쿨단 님. 제가 서포트하겠습니다."

마지막으로 아둔의 앞을 쿨단과 로드멜이 가로막자 묘한 대치 구도가 벌어졌다.

한쪽만 제외하면 거울성에서의 전투와 거의 비슷한 상황. 한참 X-E30들을 상대하고 있던 종호는 예상 못 한 난입에 얼굴을 굳히며 방향을 틀었다.

'……거울성에서 도망쳤다면 저놈도 공략에 참여했던 플레이어라는 건가.'

전신 로브로 정체를 숨기고 있는 무투가. 깊게 눌러쓴 후드 사이로 언뜻 익숙한 눈빛이 스쳐 지나갔다.

"으음?"

"이종호 님. 저자들은 우리가 맡겠습니다. 그동안 안드로이드들을 맡아주실 수 있겠습니까?"

어느새 곁으로 다가온 태현이 넌지시 부탁해왔다.

섬뜩할 정도로 살기 맺힌 눈동자가 유독 신경 쓰였지만, 당장 리우스가 소환하고 있는 X-E30 정도는 적월 길드원만으로도 충분히 상대할 수 있었다.

종호는 사각 안경테를 위로 올리며 등을 돌렸다.

"편할 대로 하십시오. 어차피 머더러 외엔 관심도 없으니까."

유적지 공략이 끝나는 대로 강제 룰 효과가 풀린다. 그러면 자연스레 체이서 집단의 본 부대와 맞붙을 수 있을 터.

'사태후.'

꿈에서조차 잊은 적 없던 단 한 명의 얼굴.

그런 종호의 원한을 대부분은 알지 못하고 있었지만 회귀자들만큼은 달랐다.

'역시 사태후에게 집착하는 것은 변함이 없어. 과정이야 어떻게 됐든 섹터 F 구역에서 2번 방의 머더러들까지 처리해 줬

으니 어느 정도 만족하고 있을 테지.'

처음부터 머더러를 목표로 공략에 참전한 적월 길드였기 때문에 태현은 그 점을 한껏 이용하고 있었다.

'코멜도 전투적인 능력은 거의 없고. 리우스의 소환만 끝나면 알아서 보스를 처리할 수 있겠지. 그동안만 시간을 번다.'

판단이 서자 더 이상 망설임은 없었다.

마치 기다리고 있다는 듯 자신을 바라보며 자리를 고수하고 있는 무투가.

태현은 그 기대에 부응해 즉시 놈의 앞으로 마주 섰다.

"물어볼 것도 많고, 궁금한 것도 많지만. 우선 확인부터 해 봐야겠지."

"……."

"여기까지 올라왔다는 것은 역시 고용찬. 너지?"

파지지직!

끓어오르는 분노에 몸이 먼저 반응한다.

사방으로 흘러나오는 강렬한 뇌전들.

"과연 내가 누구일까. 한 번 맞춰봐라."

"뭐, 직접 확인해 보면 되는 일이겠지."

곧이어 좌우로 그림자 인영이 생겨나자 모든 준비는 끝나 있었다.

그리고.

까앙!

마치 약속이라도 한 듯 서로 동시에 달려들었다.

언제부터였을까.

항상 진영을 이끌고 가장 먼저 적들에게 달려가던 청년. 희생도 마지않고 매일 선두에서 고군분투하던 그를 보며 약간은 동경심을 품게 됐다.

예전 자신과는 전혀 다른 모습으로 성장한 영웅. 지옥 같은 하멜에서 생존해 왔음에도 불구하고 그는 남들과 달랐다.

그래서 늘 그의 등 뒤를 쫓아왔다.

한데.

'사실 게이트를 넘어갈 수 있는 건 한 명뿐이야. 근데 너부터 들어가면 내가 귀환을 못 하잖아. 안타깝지만 이게 엔딩이야.'

그 기대감은 얼마 안 가 처절히 박살 나고야 말았다.

[그림자 속박이 발동됩니다.]
[페레스의 망토 효과가 발동됩니다.]

[속박 실패!]

그림자 속에서 뻗어지던 수십 개의 손이 튕겨져 나간다.

"역시 고용찬. 아무리 생각해도 네놈이야. 거울성의 보스만 큼은 어떻게든 뺏었어야 했는데."

"……."

"아, 한 가지 더 있어. 그 머플러도 원래는 내 거였잖아. 어 느 정도 이상하다고 생각하긴 했는데. 휴먼 메트로 때도 네놈 이었지?"

회귀 이전 태현이 애용했던 두 개의 장비인 페레스의 망토 와 암살왕의 머플러.

하지만 지금은 그것뿐만이 아니었다.

[필리모터의 효과가 발동됩니다.]

일직선으로 소환된 그림자들이 동시다발적으로 터져 나간다.

"아, 필리모터까지."

모든 스킬에 관통력을 부여하는 필리모터 벨트까지 합친다 면 거의 세 가지 장비를 뺏어간 셈이었다.

뇌보를 시전한 용찬은 땅을 박차며 태현의 사각으로 파고들 었다. 그리고 회피 자세를 취하는 놈에게 마력탄을 날리며 동시에 뇌신장을 발동했다.

콰지직!

아슬아슬하게 그림자로 스며드는 신형.

간신히 감전 상태의 범위에서 벗어난 태현은 감긴 실눈을 뜨며 다시 땅 위로 튀어나왔다.

"이젠 속성력도? 내가 모르는 비밀들이 더 있는가 본데."

"그만 쫑알쫑알거리고 제대로 덤벼."

"정 원한다면야."

허리춤에 걸쳐 있던 두 자루의 쿠크리가 손끝에서 회전한다. 아까 전까지와는 사뭇 달라진 기세에 긴장감이 흘렀다.

눈 깜짝할 사이에 배후로 스며드는 그림자.

루시엔의 신속화를 뛰어넘는 속도에 자연스레 두 눈이 굴러갔다.

[그림자 칼날이 발동됩니다.]

[카운터가 발동됩니다.]

사방으로 비산하는 그림자 칼날들. 연달아 수십 개의 분신이 돌진해 오자 점점 전투의 흐름은 빨라졌다.

'나름 민첩을 보완하긴 했지만 역시 저놈의 능력치를 따라갈 순 없는 건가. 그렇다면!'

마침 어깨 위에 있던 체서가 건틀릿으로 스며들었다.

감염되듯 빠르게 퍼져 나가는 어둠의 뇌전. 필리모터의 관통력까지 합쳐지자 그 위력은 더욱 강력해졌다.

[파쇄가 발동됩니다.]

땅을 내려찍자 단숨에 움푹 파이는 바닥.

일찌감치 거리를 벌린 용찬은 미리 뇌전의 갑옷을 활성화시킨 뒤, 파도처럼 밀려오는 그림자 속으로 돌진했다.

[마권이 발동됩니다.]

거친 손짓에 마치 도화지처럼 그림자가 찢어져 나간다.

하지만 암살자 중에서 대처 능력이 가장 뛰어난 태현은 능숙히 경로를 바꾸며 새로운 스킬들을 발현해 냈다.

[살의의 오오라가 발동됩니다.]
[바이컨 로렐로가 발동됩니다.]

'온다.'

치명타 확률을 상승시켜 주는 살의의 오오라.

적중률을 상승시켜 주는 바이컨 로렐로까지.

눈앞으로 펼쳐진 수십 개의 사선 속에서 기의 파동이 온몸을 자극시켰다.

[죽음의 사선이 발동됩니다.]

공간 속으로 펼쳐진 붉은 선을 따라 쿠크리의 칼날이 쇄도해온다.

까앙! 까아앙! 콰앙!

이어지는 한 번, 두 번…… 세 번의 일격.

볼버의 흑수에 금이 가게 만드는 엄청난 충격에 균형이 흔들렸다.

촤아아아!

마침내 연막까지 발동되자 시야가 흐릿해졌다.

"역시 고용찬 너야. 네가 아닐 수가 없어. 이런 노련한 움직임을 보이는 무투가는 거의 없다고."

"그리 쉽게 단정할 수 있는 건가?"

"물론. 이렇게 죽음의 사선을 쉽게 막아내는 놈은 너밖에 없어. 그래. 왜 그렇게 나에게 복수하려 드는 거야?"

"……."

"너도 잘 알고 있을 거 아냐. 어차피 한 사람만 넘어갈 수 있는 게이트인데. 내 행동은 당연한 거였다고. 너라도 그렇게 했을 건데 이제 와서 따지고 드는 것도 우습지 않아?"

곳곳에서 들려오는 목소리에 신경이 분산된다.

"아니면 너도 욕심이 좀 생기는 거야?"

하지만 결코 흔들려선 안 된다. 이럴 때일수록 침착히 감정을 추스르며 대응해야만 했다.

[투명화가 발동됩니다.]

눈 녹듯이 사라지기 시작한 신형. 비록 C급 이상 스킬에 금방 효과가 풀리는 투명화였지만, 적의 시선을 따돌리기엔 충분했다.

저벅저벅!

속삭임의 귀걸이를 통해 발걸음 소리가 들려온다.

과연 놈은 어디에 있는 것일까.

잠시도 긴장의 끈을 놓을 수 없었지만 그런 신경전도 얼마 가지 않았다.

까앙!

"응? 나에게 복수하려고 얼마나 많은 사람을 죽여온 거지? 아니, 네 욕심 때문이라고 해야 하나?"

조소 어린 미소와 함께 신형이 드러났다.

살갗을 파고들기 직전에 멈춰 선 칼날.

간발의 차로 태현의 쿠크리를 막아낸 용찬은 놈보다 뛰어난 근력을 통해 반격을 시도했다. 그리고 불똥 튀는 충돌 속에서 수십 번의 공방이 이어졌다.

변화무쌍하고도 자연스러운 동작들. 그런 움직임 속에서 찰나의 순간을 노리고 파고드는 뇌전들까지.

[마력 방출이 발동됩니다.]
[마력 방출이 발동됩니다.]

결국 동시에 서로를 밀어내는 마력들 속에서 다시금 거리가 벌어졌다.

"왜 그렇게 말이 없어? 무슨 벙어리도 아니고. 자, 대답해 봐. 얼마나 많이 죽였냐고."

"대답할 가치를 못 느끼겠군."

"나보다 많이 죽여왔을 거 아니야? 사람 죽이는 건 네 전문이었잖아. 안 그래? 한때 머더러였던 네놈이니까 그건 당연……."

콰콰콰쾅!

연막 속으로 내리치는 천둥 벼락.

"입 다물어."

광기 들린 얼굴로 살기 맺힌 눈동자가 파르르 떨려왔다.

다시금 그림자 속에서 튀어나온 태현은 방긋 미소를 지으며 결정타를 날렸다.

"왜? 한 여자 때문에 돌연 진영으로 돌아간 게 엊그제 같은데. 벌써 잊어버린 거야?"

잊고 싶었던, 아니, 잊어야만 했던 그런 기억을.

"다른 사람은 몰라도 난 알고 있어. 오직 힘으로 권좌에 올라선 광악. 그게 너였으니까."

놈이 다시 한번 일깨워 주고 있었다.

"냐, 나아앙?"

끓어오르는 분노에 반응하듯 전신으로 어둠이 깃든다.

"그 모가지를 단숨에 비틀어……."

"그리고 말이지. 사실 한 가지 실험하고 싶은 게 남아 있어서 말야."

샤아아앙!

눈살이 찌푸려지는 환한 빛.

어느새 태현의 손에 잡힌 황금색 돌조각이 효과를 발하기 시작했다.

[신성화가 발동됩니다.]

[종족 고유 페널티가 적용됩니다.]

[모든 능력치가 일시적으로 저하됩니다.]

[모든 스킬 및 특성의 효과가 절반으로 줄어듭니다.]

털썩!

어마어마한 압박감에 두 눈이 휘둥그레진다.

미처 피할 틈도 없이 무기력해지는 신체.

바닥에 주저앉은 용찬은 믿기지 않는 표정으로 그를 노려봤다.

"크으윽! 자, 자베스 교의 신법석?"

"그 여우 같은 교주를 상대로 이걸 빌려오는데 꽤나 진땀을 뺐지. 신법석을 빌려오는 대가로 일부 정보를 건네주긴 했지만 그래도 효과가 있다니 다행이야."

마족의 최대 약점으로 꼽히는 신성력.

전생의 전쟁 당시 마족 토벌에 크나큰 도움을 주었던 신법석이 예상치도 못한 유적지에서 그 효과를 발하고 있었다.

"끄아아악!"

"꺄아악!"

"으앗. 뜨거워. 뜨거워!"

동시다발적으로 비명 소리가 울려 퍼진다. 미리 동료들에게도 분배해준 것인지 바쿤의 병사들도 신성력을 피해가진 못했다.

특히 자신과 같은 마족인 록시는 살이 타들어 가는 고통을 느끼는 상황.

"너와 내가 회귀한 시점으로부터 변하기 시작한 바쿤, 나로

선 예상도 못 한 새로운 기술들, 카스트랄 대거의 효과에서 벗어나 게이트를 넘어간 것까지."

두근두근!

"그리고 저 동료 중 한 명은 다크 엘프였겠지. 아직까지 엘프가 대륙으로 나올 타이밍은 아니었으니까 말야."

"……."

"계속해서 동료들의 인상착의를 숨겼던 이유도 그것 때문이었겠지. 도대체 어떻게 게이트를 넘어갔는지는 몰라도 이거 하나만큼은 확실해."

요동치는 심장 소리와 함께 고개가 틀어진다.

미처 신경 쓰지 못했던 단 하나의 허점. 문득 거울성 때가 떠오른 용찬은 인상을 구기며 루시엔 쪽을 쳐다봤지만 이미 되돌리기엔 너무 늦은 상태였다.

그저 할 수 있는 일이라곤 무력하게 태현의 입을 바라보는 것뿐.

"고용찬. 네가 마족의 몸으로 플레이어 행세를 하고 있단 것."

"……."

강렬한 빛에 재가 되어 휘날리는 전신 로브.

마침내 베일에 가려져 있던 인상착의가 드러났다.

그리고.

"……그 얼굴은 뭐야?"

여유롭기 그지없던 놈이 처음으로 당황하기 시작했다.

🐐

하멜 경력 3년 차에 접어들 무렵 동료들을 다 잃었다.

문제의 시발점은 거울성이 사라지고 새로 공개된 미개척 지대였고, 리미트리스 진영의 대형 길드가 주도적으로 원정을 꾸리며 이름난 플레이어들은 대부분 참여하게 됐다.

극악의 난이도, 고등급의 몬스터, 원정을 방해하는 주변 지형과 불리한 환경 등.

아리엇 산맥으로 향하는 원정길은 흡사 지옥을 연상케 했고, 수많은 희생자를 기록하며 간신히 마지막 던전을 남겨두게 됐다.

아마 그때부터였을 것이다.

'입장 제한은 없는데. 난이도는 A급이잖아. 여기서부턴 진형을 좀 달리 짜야겠어.'

대형 길드들의 간교한 혀 놀림이 시작된 것이 말이다.

길드의 영향력이 줄어드는 것을 두려워하던 놈들은 계속해서 최전선을 거부했고, 끝내 고용된 용병들과 무소속 플레이어들을 내세워 피해를 줄여 나갔다.

그리고 다른 중소형 길드들까지 건드리며 희생을 강요했고,

그런 과정 속에서 용찬은 동료들의 싸늘한 시체를 직접 두 눈으로 봐야만 했다. 가족처럼 서로를 아껴주던 동료들의 시체를 말이다.

"더 이상 진영에 몸을 담지 않겠어. 다신 진영을 위해 숭고한 희생을 한다는 엿같은 개소리는 지껄이지도 마."

그날 이후 용찬은 진영에서 무단이탈한 채 방랑자로 살아갔다. 그 누구도 믿지 않고 어떤 자에게도 먼저 정을 주지 않았다. 그저 하고 싶은 대로 죽이고 약탈하며 약육강식의 법칙을 따라 대륙을 돌아다녔다.

[성향이 변경됐습니다.]
[소속이 머더러로 강제 변경됩니다.]

한참을 그렇게 살아왔을까.
어느새 손등의 문신은 붉게 물들어 있었고 주변에는 악랄하기로 유명한 머더러들이 자신을 따르고 있었다. 체이서에 이어 두 번째로 머더러들이 모인 대형 집단이 탄생한 것이다.
하지만 용찬은 만족스럽지 않았다. 무자비한 살육이 반복될수록 공허한 마음은 더욱 심연으로 떨어져 갔고, 얼마 되지 않아 '광악'이란 호칭까지 붙으며 진영 내 플레이어들을 공포에 떨게 만들었다.

그렇게 점점 하멜 내에서 세력을 불려 나가던 중.

'하멜에서 머더러들은 용납 불가능한 존재들입니다. 저희가 직접 나서도록 하죠.'

결국 리오스 진영의 적월 길드까지 움직이며 본격적인 전쟁이 발발했다. 머더러 전문 학살자라고 이름 불리던 그들은 강했고, 특히 급 상승세를 보이던 종호가 하이 랭커에 진입하면서 상황은 불리하게 흘러갔다.

그리고 놈의 일격에 치명적인 부상을 입고 급히 달아나던 날.

"꺄아아악. 무, 무슨 부상이 이렇게 심해요. 도대체 무슨 일이 벌어지고 있는 거죠?"

우연히 들어선 인근 마을 성당에서 용찬은 그녀를 처음으로 만나게 됐다.

"……그 얼굴은 뭐야?"

짙은 연기 속에서 당황하는 놈의 표정이 보인다.

처음으로 깊게 눌러 쓴 후드 속 얼굴을 확인해서 그런 것일까. 아니, 정확히는 본래 알고 있던 자신의 얼굴과 달라서일 것이다.

'반응이 왜 이런 거지. 내가 마족이란 것을 눈치채고 신법석까지 꺼낸 게 아니었었나?'

태현이 강제 룰을 통해 희생양과 동시에 자신을 끌어들인 것은 명확하다.

비록 섹터 F 구역에서 전멸당한 진영들을 확인하고 방심을 하긴 했지만, 미리 정보를 수집해 신법석을 준비한 것은 변함이 없었다.

한데, 예상하고 있던 반응과는 사뭇 달랐다.

"정말 마족들이 유적지까지 침투했을 줄이야."

"신법석이 효과 있다는 것은 마계의 존재들이란 의미겠지?"

"다들 뭐 하고 있어. 그냥 얼른 죽여 버려!"

일행들에겐 따로 사전에 알려준 게 그다지 없는 것인지 당황하는 반응이 가장 먼저 튀어나왔다.

'설마 이 자식. 내가 헨드릭 프로이스의 몸으로 회귀했단 사실까진 예상하지 못하고 있는 건가?'

죽기 직전까지 가면을 통해 얼굴을 가리고 있던 마지막 마왕.

확실히 영혼을 옮긴다는 방식은 놈도 금시초문인 능력이었고, 애당초 카스트랄 대거의 효과에서 벗어나 게이트를 넘어간 방법도 모르고 있는 상태였다. 가령 자신의 종족이 마족으로 변경되고 바뀐 소속이 되었단 것까지 추측하고 있다면 결국 그마저도 섣불리 확정은 못 내리고 있을 터.

'그래. 아직 모든 게 의문투성이인 상태에서 실험 삼아 신법석을 사용했다면 내 비밀들을 모조리 꿰뚫고 있는 것은 아닐 거야. 그렇다면 아직 기회는 있어.'

순순히 그의 의문들을 풀어줄 생각은 일절 없었다.

'역시 그 스킬밖에 없나.'

문득 섹터 A 구역에서 터득한 새로운 스킬이 떠올랐다.

[뇌안(C급)]

[설명:뇌전의 속성력을 소모해 일정 시간 동안 단거리 텔레포트를 사용할 수 있다.]

[사용 제한 횟수:0/3]

속성력을 통해 마법사처럼 단거리 텔레포트를 시전할 수 있는 효과를 가진 뇌안. 워낙 범위 거리가 짧다 보니 섹터 E 구역에선 사용하지 않았었지만, 지금만큼은 달랐다.

'어떻게든 신법석의 범위에서만 벗어나면 돼!'

위기를 기회로 바꾼다고 했던가.

불현듯 적월 길드에게서 멀리 떨어지려 하는 코멜이 눈에 들어왔다.

"그 얼굴은 뭐냐고 물었잖아. 아니, 애초에 고용찬. 네가 맞긴……."

"정 궁금하면 네가 직접 알아봐라."

"이런!"

시퍼런 쿠크리가 목을 꿰뚫을 기세로 쇄도해 온다.

하지만 이미 용찬의 신형은 그 자리에 없었다.

[뇌안이 발동됩니다.]

[신성화 페널티로 효과가 절반으로 감소합니다.]

비록 짧은 사정거리가 더욱 짧아졌지만 상관없었다.

거의 백스텝 수준으로 일격을 피해낸 용찬은 연달아 뇌안을 발동하며 간신히 범위에서 벗어났다. 그리고 마치 기다리고 있었다는 듯이 체서가 기체로 변화했다.

파삭! 파사삭! 파삭!

동시다발적으로 파괴되는 신법석들.

신성력에 의해 위력이 약해진 체서의 스킬에도 쉽게 부서질 정도로 신법석의 내구도는 약했다.

"다들 뭐 하고 계십니까. 얼른 놈의 동료들부터 마무리를……."

"록시, 쿨단. 그것을 발동해라!"

양쪽에서 달려드는 태현과 아둔의 모습에 록시와 쿨단이

두 눈을 빛냈다.

마침내 신성력에서 자유를 얻은 두 명에게서 시전되는 권능과 특성.

[록시의 성질 변화 권능이 발동됩니다.]
[쿨단의 흡수력 특성이 발동됩니다.]

뒤늦게 록시에게로 발동된 동현의 일점 발화가 엉뚱한 곳으로 빨려든다. 마치 블랙홀처럼 모든 스킬을 흡수하기 시작한 바쿤의 메인 방패병.

그리고.

"인간 놈들. 모조리 죽여 버려주마!"

괴수처럼 거대한 마력 팔을 만들어낸 록시가 엄청난 기력을 토하며 정면으로 달려들었다.

"무, 무슨. 마법사가 어떻게 기력을?"

"저리 비켜라. 내가 직접······."

까앙!

급히 창을 내지르던 아둔의 옆구리로 활대가 박혀 들었다.

"크헉?"

"헤헤. 장궁은 일반 활보다 위력이 세다고!"

"야! 내가 저 쪼그마한 놈 조심하라고 했잖아. 미친놈이 활로 직접 후려치기까지 한다니까!"

볼썽사납게 바닥을 구르는 그를 보며 레이가 버럭 소리를 쳤지만, 한발 늦은 감이 없지 않아 있었다.

그 사이, 유이치는 신성력에서 벗어난 루시엔을 향해 다시금 압박을 가하기 시작했다. 하지만 거울성 때처럼 쉽게 제압하기가 힘든 상태였다.

"이거 왜 이래? 벌써 스킬을 몇 번이나 적중시켰는데 왜 안쓰러지는 거야!"

"이런……. 저놈입니다! 저놈이 다중으로 힐을 시전하고 있던 겁니다!"

동현의 손짓에 쿨단의 뒤로 몸을 숨기고 있던 로드멜이 몸을 움찔거렸다.

신법석이 발동되기 전부터 거리를 벌린 채 채널링을 시전하고 있던 또 한 명의 마족. 눈치가 빠른 덕분에 미리 위협을 느끼고 아군 전체의 서포트를 준비하고 있던 바쿤의 치료술사였다.

"으음. 내가 이렇게 존재감이 없을 줄이야."

-이하다. 수준!

"하아. 쿨단 님. 너무하십니다."

-막는다. 막는다!

매직 등급의 카이트 방패가 움푹 파인다.

단 한 번의 일격으로 내구도가 50%는 줄어든 방패. 하지만 쿨단은 흡수력을 시전한 채로 꿋꿋하게 태현의 앞을 막아섰다.

'C급까지의 스킬들은 모조리 흡수해 버리는 이 효과. 설마 흡수력인 건가?'

하이 랭커들 중 가장 뛰어난 실력을 가지고 있던 쿤다 진영의 레버튼. 그때 그가 발휘했던 특성을 여기서 다시 보게 될 줄은 꿈에도 몰랐던 태현이었다.

하지만 그것은 시작에 불과했다.

"끄아아악. 이거 놔라!"

"어이. 유태현."

어느새 구석진 자리에 숨어 있던 코멜을 제압한 용찬. 리우스가 소환한 안드로이드들을 상대하고 있던 적월 길드마저 낭패 어린 얼굴로 그를 쳐다봤다.

그리고 바쿤의 병사들을 막아내고 있던 타이탄 길드원들까지 시선이 모아지는 순간.

"나한테 물었었지. 무엇을 위해 여기까지 왔냐고 말이지."

"……"

두 회귀자의 시선이 마주쳤다.

천천히 열리는 입가.

"굳이 대답해 준다면 복수와 귀환. 이유는 둘 다."

콰직!

일점 격발에 비산하는 유리 조각들과 함께 코멜의 안광이 사라졌다.

-가동 정지! 가동 정지!

중앙 관리실 전체로 사이렌 소리가 울려 퍼진다.

관리자가 사라지자 자아 인공지능 리우스는 팩토리의 모든 전력을 차단하며 자멸을 택했다.

그리고.

[고대 파이칸 유적지가 공략됐습니다.]

[보상이 지급됩니다.]

중앙 홀에서 나타난 보상들과 함께 최상층 내부가 고요해졌다.

"보상이라면 유물?"

"꿀꺽. 난이도가 A급인 만큼 보상도 엄청날 텐데."

"……분명 레어급 이상의 장비도 섞여 있을 거야."

탐욕에 젖은 길드원들의 눈빛.

하나, 가장 먼저 중앙 홀로 달려간 것은 태현과 용찬이었다.

"저것만큼은!"

"체……."

콰아아앙!

어깨 위에 체서가 달려들려던 차, 한쪽 벽이 허물어졌다.

그 속에서 모습을 드러내는 거대한 덩치의 사내.

"게헤헤헤. 우리 애들은 어디 가고 너희들끼리만 남아 있냐."

강제 룰이 풀리자마자 무작정 유적지 안으로 돌입한 사태후였다.

하멜의 역사를 통틀어 가장 강력했던 플레이어가 누구냐고 묻는다면 어떤 자라도 단연 사태후를 먼저 꼽을 것이다.

그 정도로 체이서 집단의 두령인 그는 강했고, 단신으로 마수 카울을 쓰러트릴 정도로 엄청난 무력을 소유하고 있었다.

하지만 3년 차에 접어들 무렵 어떤 사건을 계기로 사태후는 죽었고 체이서는 단숨에 공중분해 됐었다. 사상 최고의 괴물로 꼽히던 그가 너무도 허무하게 죽어버린 것이다.

'하지만 그건 회귀 이전의 하멜이고 지금은 3년 차도 되지 않았어.'

간신히 강제 룰을 통해 통제하고 있었건만. 유적지가 공략되자마자 돌연 최상층으로 진입해 버린 상태였다.

'분명 세 명의 권좌도 함께 있었을 텐데 어떻게 이리로 바로 온 거지?'

권좌들 외에도 상위 랭커가 포함된 대형 길드원들이 주변 일대를 장악하고 있었다. 아무리 체이서의 본대가 집합해 있었다고 해도 쉽사리 틈을 만들긴 힘들었을 터. 하지만 그런 태현의 의문도 유적지의 건물이 사라지면서 금방 해결됐다.

"제, 젠장. 사태후 한 명을 막으려고 벌써 몇 명의 간부가 희생된 거야. 얼른 소희 님부터 부축해!"

"귀환 명령이 떨어졌다. 다들 신속히 주문서를 사용해!"

"빌어먹을 새끼들. 겁나게 시끄럽네. 다들 후퇴하는 놈들부터 쫓아서 조져 버려."

길드원들의 부축을 받으며 도망치고 있는 소희. 그리고 사혁을 필두로 남아 있는 길드원들을 몰아치고 있는 머더러들까지.

아놀드와 선일은 미리 귀환을 한 것인지 하이드와 펄션의 주요 간부들은 보이지도 않았다.

'이런. 너무 빠르게 귀환해 버렸잖아!'

'……권좌 두 명은 도망치고 차소희 혼자 사태후를 상대하고 있었던 건가.'

회귀 이전 하멜에선 직접적으로 사태후와 부딪친 적이 거의 없던 두 명의 회귀자다. 그나마 3년 차에 그가 죽으면서 일부 정보를 통해 예상보다 더욱 강했단 것을 알게 된 정도였고, 지금도 권좌 한 명을 때려눕힌 채 나타난 그의 무력이 당최 실감이 나지 않았다.

"내가 물었잖아. 우리 애들 어디 갔냐고. 아, 그러고 보니 백

런이도 안 보이잖아?"

"……백련이라면?"

"계혜혜혜. 요망한 년이 하나 있지. 근데 넌 여기서 뭐 하고 있던 거냐."

큼지막한 두 눈동자가 굴러가자 태현의 몸이 움찔거렸다.

하지만 그것도 잠시.

"사태후!"

"아, 저 새끼는 아직도 지랄이구먼."

다시금 눈이 뒤집힌 종호가 막무가내로 달려들며 그쪽으로 시선이 쏠렸다.

[성스러운 심판이 발동됩니다.]
[압도가 발동됩니다.]
[철통 방벽이 발동됩니다.]

신성력이 담긴 종호의 거대한 망치가 내려 찍히기 직전에 소환된 수십 개의 원형 방패들. 마침 사태후의 손에서 발동된 중력의 힘에 종이 구겨지듯 방패가 구부려져 나갔다.

그리고 뒤늦게 철통 방벽을 시전한 그레엄이 중앙으로 난입하며 마력 결계를 펼치자, 중력의 힘을 다루는 사태후의 스킬 위력이 절반 이상 줄어들었다.

"크으으읍. 뭐 하는 거야. 멍청이 자식아. 아직 상대가 안 되는 괴물이라고. 얼른 튈 생각부터 해야지!"

"얼씨구. 이젠 동료까지 불러왔구만. 보아하니 저놈은 나한테 원한이 있는 것 같은데 냅 두라고. 그냥 내 손에 편히 뒈져 버리게. 게헤헤헤!"

"……그레엄."

피투성이가 된 채로 나타난 그의 모습에 조금은 이성이 되돌아왔다.

'철혈의 군단장인 그레엄이 밀리고 있다고?'

뒤늦게 고개를 돌리자 간부의 부축을 받고 있는 소희가 보였다. 분명 예전부터 사태후에게 복수를 맹세한 자신이었지만, 권좌를 가볍게 제압할 정도의 괴물이라면 쏜즈와 적월 길드를 동원해도 쉽사리 제압이 불가능한 상대였다.

그제야 종호는 들끓는 분노를 진정시키며 최대한 이성적으로 상황을 살폈다.

'강제 룰의 효과는 사라졌고 귀환 및 소환 페널티는 모두 끝났어. 최대한 저놈의 시선을 돌려서 아이템을 사용할 수만 있다면 길드원들과 함께 귀환 가능해.'

다행히 다른 머더러들은 길드원들에 정신이 팔려 아직까지 합류를 하고 있지 않았다.

여기선 어떻게든 남아 있는 인원들과 함께 빈틈을……

까앙!

신경을 분산시키는 충돌음.

순간 잊고 있었던 용찬과 태현이 중앙 홀을 앞두고 서로 격렬히 전투를 치르고 있었다.

"계혜혜. 이젠 피라미들까지 설치고 아주 난리도 아니구만."

"저 멍청한 자식들!"

"둘 다 곱게 보내주마."

한 쪽 팔로 압도를 발동하고 있던 사태후가 남은 왼손을 거칠게 휘둘렀다.

[레이 벌츠가 발동됩니다.]

공간 자체가 격렬히 요동친다.

마치 유리 깨지듯 찢겨져 나가던 균열이 단숨에 중앙 홀까지 퍼져 나갔다. 유물을 놓고 사투를 벌이던 둘은 피할 틈도 없이 레이 벌츠의 영향권에 들었고 피를 왈칵 토해내며 먼 거리까지 날아가 버렸다.

[볼버의 흑수가 파괴됐습니다.]

[속삭임의 귀걸이가 파괴됐습니다.]

[잭의 경량화 부츠가 파괴됐습니다.]

연달아 내구도가 손상되어 파괴되는 장비들.

다행히 범위 가장 끝쪽에 있어 위력은 어느 정도 줄어든 레이 벌츠였지만, 그런 것을 감안해도 위력 자체는 엄청났다.

극심한 고통에 사경을 헤매던 용찬은 간신히 팔을 들어 중앙 홀을 가리켰다.

"쿨럭. 체, 체서!"

"유, 유이치 님!"

바닥에 쓰러진 두 명이 동시에 소리쳤다.

이미 바쿤의 병사들과 태현의 일행이 서로를 막아내고 있는 상황.

그 틈을 노려 체서와 유이치가 급히 중앙 홀로 달려갔다.

[체서의 기체화가 발동됩니다.]

[전력 질주가 발동됩니다.]

중앙 홀에 놓인 보상을 향하는 정령과 플레이어.

광오한 사태후의 웃음소리가 퍼져 가는 필드 속에서 마침내 체서의 몸이 홀에 맞닿았다.

그 순간.

"바쁘니까 저리 비켜!"

"캬아악!"

유이치의 도가 기체 속을 꿰뚫으며 스킬 시전이 풀리고야 말았다.

"쿨럭. 쿨럭! 거기 있는 대거 조각만큼은 반드시 회수하십시오!"

"알겠…… 뭣?"

"절대 그렇게는 안 돼!"

좌측으로 불쑥 튀어나오는 가녀린 신형. 동료들이 놓치고 있던 단 한 명의 병사가 눈을 질끈 감으며 몸을 날렸다.

그리고.

[긴급 귀환 주문서가 발동됩니다.]

시선이 쏠린 틈을 타 주문서를 찢는 순간.

"안 돼. 얼른 방해 주문서를!"

"쿨럭. 절대 그때처럼 당하지 않을 거다."

"고용찬!"

"기대해라. 유태현."

용찬과 바쿤 병사들의 신형이 환한 빛에 휩싸였다.

◀ 41장 ▶
영역

비스커빌 해의 마지막 평가전이 다가왔다.

헤임달에 이어 세 번째로 지정된 개최지는 바이칼의 수도.

이전 평가전에서 제대로 성적을 내지 못한 마왕들은 한층 성장한 병사들과 함께 수도를 찾았고, 나름의 사정을 가진 마왕들은 가문과 협의해 불참을 알려왔다.

그리고 두 번째 평가전에서 가장 놀라운 반전을 선보인 헨드릭 프로이스는 다시금 마족들의 큰 관심을 받게 됐지만 안타깝게도 그는 피치 못할 사정으로 인해 참가하지 못하게 된 상태였다.

"이번 평가전도 마족들이 엄청나게 몰려왔군. 벌써 관중석이 꽉 찼어."

"그러게나 말이야. 저들은 한창 신나 있겠지만 우리들은 아주 바빠지겠는데?"

마계 위원회에 속한 위원 두 명이 한숨을 푹푹 내쉬며 고개를 떨구었다. 평가전이 종료되는 순간까지 경기장 전체를 관리해야 되는 입장에서 많은 숫자의 관중들은 피로를 상승시키는 주요 원인이었다.

특히 가주들까지 경기를 관전하는 상황에서 한 치의 실수라도 있었다간 금방 수뇌부들에게 불려가 몇 시간 동안 잔소리를 들어야 할 터다.

"이래서 마계 위원회 소속이란 게 좋다가도 열 받는다니까."

"맞아. 가문의 눈치를 안 보면 뭐 해. 결국 수뇌부의 눈치를 보게 되는데. 위원 일 하는 것도 은근 골치 아……"

"쯧쯧. 생각하는 수준하곤. 그래서 자네들이 안 되는 게야."

신세를 한탄하던 도중 다른 위원이 대화에 끼어들었다.

지팡이를 움켜쥔 채 한심하다는 눈빛을 보내고 있는 마족.

"게, 겐트 다이러스 님!"

"이크. 망했다."

강경파에 속해 수뇌부 쪽으로 은근 발을 걸쳐두고 있는 겐트였다. 그는 중립파에 속한 위원 둘을 밀치며 가볍게 주의를 주었다.

"마계 전체를 관리하는 마계 위원회가 있기에 마족들이 살

246 플레이어 6

수 있는 거다. 그런 어쭙잖은 마음가짐으로 임하려면 당장 때려치워!"

"죄, 죄송합니다!"

"죄송합니다!"

복도 전체에 쩌렁쩌렁 울리는 호통 소리에 두 명이 급히 달아났다.

홀로 남은 겐트는 허를 차며 복도를 마저 빠져나갔고 이내 발밑으로 보이는 경기장을 내려다보며 상념에 젖어 들었다.

'그래. 마계 위원회의 장점은 가문들의 눈치를 살피지 않아도 된다는 거지. 그것 때문에 가주로서의 자리까지 포기하고 위원이 된 것이니까. 그나저나……'

문득 머릿속으로 떠오르는 단 한 명의 마왕. 최근 반전의 마왕이란 호칭까지 붙은 헨드릭이 떠오르자 미간이 좁아졌다.

'그놈이 이번 평가전에 불참할 줄이야. 분명 상위 서열대를 노리고 40위대 마왕들과 경쟁을 펼칠 줄 알았는데. 최근 들어 서열전에서 빠르게 항복하는 것도 그렇고. 수상쩍기 그지없단 말이지.'

여러 보고에 의하면 이제 바쿤은 C급의 마왕성이었다. 슬슬 영역을 넓히며 병력과 마왕성 내부에 각별히 신경을 쓸 시기이기도 할 터인데, 어찌 된 게 외부 활동의 기록들이 일체 없는 현황이었다.

겐트는 갑자기 성장을 멈춘 놈을 떠올리며 수염을 매만졌다.

'일단 좋은 현상이긴 한데 불안해. 설마 무언가를 꾸미고 있는 것은 아닐까. 이번에 샤들리 가문과 프로이스 가문의 충돌로 인해 가문전이 생긴 것도 있고. 설마 펠드릭 그놈에게 특별한 지시라도 내려온 건가?'

항상 예상도 못 한 반전을 일으키던 놈이었기 때문에 작은 부분마저도 방심할 수 없었다.

하지만 그것도 잠시.

"아니, 아니지. 그래 봤자 뱀의 머리일 뿐이야. 언제고 한계에 부딪힐 수밖에 없는 놈이지. 30위대 마왕들부턴 수준 자체가 다르니까. 클클클클!"

뒤늦게 자신의 아들이 떠오르자 입꼬리가 방긋 올라갔다. 마침 헨드릭과 함께 펠드릭까지 불참을 알려왔으니, 보다 편하게 경기를 관람할 수 있을 것이다.

겐트는 그렇게 생각하며 천천히 복도로 돌아가고 있었다.

[레버튼:얼마간 정신도 없었어. 갑자기 간부들에게 끌려가질 않나. 정보를 빼낸다고 몇 차례나 정신계 기술을 시도하질 않나. 결국 내성이 있는 것 같다고 금방 쫓겨났다고. 다행히 길드에 남게 됐긴 했는데 아

직까지도 최후의 목격자라고 나를 예의주시하는 모양이야. 그런 것을 보면서 은근 죄책감이 들기도 해. 정말 나 혼자 살아남아서 잘된 건가 싶기도 하고. 네가 다행히 구해주는 바람에 살긴 했지만 역시……]

파란의 중심이던 파이칸 고대 유적지가 공략된 지도 벌써 며칠이 지났다.

공략에 참가했던 세 진영. 그리고 사건의 중심이 된 체이서 집단까지.

결국 사태후 한 명으로 인해 강제 룰이 끝나자마자 필드는 난장판이 되었지만, 다행히 대형 길드의 정예 인원 일부는 발 빠른 대처를 통해 진영으로 무사 귀환할 수 있었다.

하지만 그렇지 못한 나머지 플레이어들은 머더러와 다른 진영 플레이어들에게 무참히 살해당했고, 사태후의 무력에 수천 명의 사망자가 발생하며 체이서에 대한 경계도는 극에 달하고야 말았다.

[민하나:대형 길드 측은 비상이 걸린 것 같아요. 다른 진영들도 마찬가지인 것 같구요. 설마설마했지만 권좌에 속한 플레이어까지 제압할 줄이야. 정말 상상도 못 했어요.]

[한채은:리, 리오스 진영은 의외로 잠잠한 듯해요. 들리는 소문에 의하면 적월 길드와 타이탄 길드가 정보를 아예 차단하고 있다는 것 같다

고도 했어요.]

　　아마 이번 사건을 계기로 진영 내에서 새로운 변화를 맞이하게 될 것이다. 특히 파이칸 고대 유적지를 놓고 전쟁을 벌인 대형 길드들은 엄청난 수의 피해자로 인해 세력이 약화될 것이고, 마치 기다리고 있었다는 듯 다른 세력들이 기회를 노리고 영향력을 펼칠 터.

　　기존의 틀이 무너지고 신흥 강자들이 나타나며 세대교체가 이루어지는 것은 어찌 보면 당연한 수순이었다.

　　'그나마 권좌들이 사태후의 손에 살해당하지 않아서 다행이겠지.'

　　회귀 이전과 다르게 흘러가는 두 번째 삶. 앞으로 벌어질 사건과 특정 히든 피스들을 고려해 봤을 때 아직까진 기존의 틀이 지속될 필요가 있었다.

　　'……그리고 유태현. 일부러 고대 유적지 내에서 벌어진 일들을 숨기는 건가.'

　　리오스 진영은 다른 진영들과 다르게 충돌하던 두 개의 세력이 동시에 크나큰 피해를 입었다.

　　그중 대표적인 길드가 하이드 길드와 쏜즈 길드일 터.

　　과연 태현이 어떤 의도를 품고 두 세력의 사이에서 정보를 차단하는지는 좀 더 두고 봐야 알 수 있는 일이었다.

물론.

[카스트랄 대거의 조각(1)]

놈이 노리고 있던 유물은 이미 자신의 손에 들어온 상태였지만 말이다.

"그 대가로 이런 꼴이 됐지만. 상관없겠지."

"무엇을 그리 구시렁거리는 게냐."

얼마나 침대에 누워 있었을까.

문득 배 위에 조그마한 형체가 눈에 들어왔다.

"……빌어먹을 마녀가. 언제부터 들어와 있던 거냐."

마치 둥지를 튼 용처럼 몸을 웅크리고 있던 아리샤가 뒤늦게 기지개를 켰다.

"들어온 지야 얼마 되지 않았지. 그나저나 또 무슨 짓을 벌이고 다닌 게냐. 이렇게까지 부상을 입고 돌아올 줄이야. 아무리 마족이라도 너무 몸을 굴리는 것은 좋지 않아."

"시끄럽고 이번에는 또 무슨 일이지. 아니, 그것보단 당장 내려와라."

"냐하하하. 여기가 무척 편하구나. 그리고 벌써 잊어먹은 게냐. 마력 코어를 건네준 고안 놈이 누구였는데 이제 와서 누가 누구보고 따지는 게야."

그제야 그녀에게 두 번째 마력 코어를 건네줬던 기억이 떠올랐다. 할 말이 없어진 용찬은 인상을 구기며 천천히 자리에서 일어났다.

"크으윽. 벌써부터 짜증이 나는군. 그래서 그레고리는 어디 갔지?"

"흐음. 집사라면 방금 전에 1층으로 내려가더구나. 이 늙은 이가 말이라도 대신 전해주랴?"

"필요 없어. 그보단 거기 통신구나 이리 내놔."

"그래도 무식하진 않구나."

툭툭 신경을 건드리는 대답에 분노가 일었지만 참기로 했다.

그렇게 용찬이 수정구로 그레고리를 부르는 사이 아리샤는 침대 위에 있던 체셔를 품에 안고 이리저리 몸을 구르기 시작했고 얼마 되지 않아 문이 활짝 열렸다.

"허어. 마왕님. 벌써부터 일어나셔도 괜찮으시겠습니까. 아직 치료가 덜 된 상태인데!"

"지금은 어느 정도 움직일 만해. 그보단 바쿤의 전 인원을 1층으로 집합시켜 놔라."

"예?"

그레고리가 의문 가득한 얼굴로 되물었다. 그러자 용찬은 입가에 미소를 띠며 인벤토리 창을 켰다.

"우선 정리부터 해야겠지."

와르르륵!

텅텅 비어 있던 1층으로 탑이 쌓인다.

아이템, 아이템, 장비, 아이템.

병사들의 입을 떡 벌어지게 만드는 아이템의 탑이 더욱 높이 쌓여가고 있었다.

"허어어어. 플레이어의 고유 능력을 사용하신다는 것은 들어서 알고 있었지만 이런 기능까지 갖고 계실 줄이야."

"이, 이런 금속들이 존재할 줄이야. 당분간 철광석은 한쪽으로 치워둬도 되겠어!"

"여기도 아이템. 저기도 아이템. 이제 난 부자다. 페페펭!"

더 페이서의 상단주 로버트는 경악을 금치 못했고, 전속 대장장이인 잭 펠터는 처음 보는 금속들에 큰 관심을 보였다. 그리고 헥토르의 머리 위에 올라가 있던 위르겐은 두 눈을 빛내며 탑 속으로 몸을 던졌지만 이내 루시엔에게 붙잡히고 말았다.

"어딜 튀어나가려고. 제피르 자식아!"

"페페펭. 이, 이거 놔. 이거 놔!"

"아, 거기 너도 보지만 말고 얼른 도와!"

결국 가만히 있던 록시에게까지 구원 요청이 오는 사태가 찾아왔다.

"내, 내가 왜 도와야 하는 거냐?"

"으읏. 이 자식. 아이템과 골드만 보면 사족을 못 쓴다고!"

"젠장. 왜 하필 내가!"

이미 눈이 돌아간 위르겐과 그를 제압하고 있는 두 명의 용병. 마침 인벤토리의 아이템들을 모두 털어낸 용찬의 시선이 루시엔을 향했다.

'절대 그렇게는 안 돼!'

절체절명의 순간에 중앙 홀로 몸을 던졌던 루시엔이었다.

만약 그녀가 신속화를 사용해 뛰쳐나가지 않았다면 대거 조각은 물론 유물들까지 전부 빼앗겼을 터. 비록 급한 대로 잡아 들다 보니 유물은 하나밖에 건지지 못했지만, 체서를 대신해 아주 큰일을 해낸 루시엔이었다.

'미리 지시도 내리지 않았는데 그렇게 뛰어들 줄이야. 저 녀석 때문에 마족이란 것을 들키긴 했지만, 어차피 언젠가는 들킬 비밀이었어. 그게 조금 빨라졌다고 생각해야겠지.'

애당초 거울성에서 병사들을 소환하고 상층으로 올라간 것도 자신이었지 않은가. 카스트랄 대거 조각을 얻은 만큼, 엄청난 활약을 해준 것은 변함이 없었다.

오히려 문제라면 사태후에게 파괴된 장비들과 신법석의 존재일 것이다.

'놈이 성국과 접촉했단 것을 안 이상 신법석에 대처할 방법도 필요해. 게다가 당장 볼버의 흑수를 대체할 새로운 무기도 필요하고.'

생각하면 할수록 처리해야 할 문제가 많았다. 용찬은 가장 먼저 일부 필요 없는 아이템들과 장비들을 로버트에게 맡겼고, 나머지 금속 재료들은 전부 잭 펠터에게 건넸다.

"중간중간 플레이어 아이템들도 끼어 있지만, 이 정도면 다시 상단을 일으키는 데 큰 도움이 될 겁니다. 감사합니다. 마왕님."

"연구해 볼 가치가 있는 금속입니다. 언제든 제작을 의뢰해 주십시오. 바로바로 장비들을 만들어 드리겠습니다!"

바쿤의 전속 상단과 전속 대장장이의 존재 여부는 상당히 큰 영향력을 끼친다. 그들로 인해 재정이 확보되고 병사들의 장비 수준 또한 좋아지게 될 터.

그렇게 대충 획득한 아이템들의 정리가 끝났을까.

열심히 장비 및 아이템을 빈방으로 나르고 있는 병사들 사이로 아이리스가 쪼르르 달려왔다.

"뭐야, 뭐야. 이것들도 전부 아이템인 거야?"

"허허. 마왕님께서 얻어온 귀중품들을 정리 중입니다. 작업이 끝날 때까지 다른데……."

덥석!

"어라. 이건 삽?"

우연히 그녀의 손에 모종 삽이 잡혔다.

'……저건.'

섹터 F 구역에서 혜림을 죽이고 드랍된 정체불명의 아이템. 자신조차 용도를 알 수 없는 모종삽에 은근 눈길이 갔다.

그 순간.

[NPC 아이리스가 전직 아이템을 발견했습니다.]

[마왕성의 직업 목록이 시스템에 적용됩니다.]

[아이리스의 직업이 정원사로 변경됩니다.]

"뭐?"

전혀 생각지도 못한 아이리스의 전직이 이루어졌다.

[마왕성:바쿤]

[등급:C]

[동맹:무]

[용병:루시엔, 위르겐, 록시]

[위치:절망의 대지 최남단]

[재정:2,491,351 골드]

[수입원:라딕 던전, 요르스 철광산, 더 페이서 상단]

[병력:C]

[방어력:C]

'슬슬 C급 마왕성으로서의 시작인가. 설마 이것도 플레이어 등급처럼 올리기 힘든 건 아니겠지.'

거의 망하기 직전이던 바쿤도 이젠 당당히 인정받는 C급의 마왕성이 됐다.

장장 2년에 걸쳐 발전시킨 그동안의 과정들.

하지만 용찬은 뿌듯하기보다 어딘가 불안했다.

[36. 바쿤의 영역을 지정하십시오.]

마침 눈앞에 나타난 새로운 수행 과제. C급에 도달하던 순간 추가된 영역 시스템과 관련이 있어 보였다.

'수행 과제를 시작하기 전에 정리부터 마저 끝내야 할 것 같은데. 일단 그전에……'

방 전체로 휘날리는 검은 털들이 보인다.

"냐아아앙. 냐앙!"

"어디 가려고 그래. 이리 와!"

"사, 살려달라. 주인!"

남의 침대에서 속 편히 체셔를 끌어안고 방실방실 웃고 있는 아이리스. 자신이 어떤 직업으로 전직한 것인지는 꿈에도 모르는 듯했다.

[아이리스(정원사):토지 정화, 식물 가꾸기, 씨앗 생성, 놀라운 성장력]

'정원사 전용 스킬 두 개와 특성 두 개 정도인가. 상태창만 봐선 비전투 계열 직업인 것 같은데. 애매하게 됐군.'

애당초 퀘스트 때문에 전투에 활용하려는 마음은 없었지만 바쿤의 직업 목록이 시스템에 적용된 것이 약간 아쉽게 느껴졌다. 만약 마왕성 시스템의 간섭이 아니었더라면 전직 아이템을 통해 혜림처럼 드루이드로 전직했을 것이다.

-네놈 말이 사실이었군. 정말로 페레스에게 퀘스트를 받았을 줄이야.

잠시 반지를 통해 소환시켜 놓았던 망령 퀴테가 눈시울을 붉혔다.

'자, 잠깐. 전에 말했던 그건 정말 사실이겠지?'
'도대체 몇 번을 말해야 알아듣지?'
'……어쩔 수 없지. 일단 기다리고 있겠어.'

파이칸 고대 유적지에서 자신을 도와주는 대가로 내걸었던 약속. 그 약속은 다름 아닌 마왕성으로 데려온 아이리스를 확인시켜 주는 것이었다.

비록 기억을 잃었다고 해도 정식으로 페레스에게 퀘스트를 받아 그녀를 맡고 있는 것은 변함없는 사실. 때문에 퀴테도 더 이상 따지고 들지 않고 조용히 등을 돌렸다.

-아이리스를 잘 부탁하마. 언제든 문제가 생기면 우리들을 불러다오.

"그럴 셈이었다."

-이런 몸이긴 하지만 충분히 도움은 될 거다.

그 말을 끝으로 퀴테는 반지로 돌아갔다.

"어라. 헨드릭. 아까 그 아저씨는 어디로 갔어?"

"하늘."

"……."

순간 정적이 흐른 것은 기분 탓이리라.

그렇게 아이리스가 입을 꾹 다물고 있는 사이 용찬은 중앙 관리실에서 회수한 유물부터 확인했다.

[다간의 정밀한 흉갑(유물)]

[등급:유니크]

[옵션:피해를 받을 시 일정 확률로 충격 흡수, 피해를 받을 시

일정 확률로 흡혈 효과, 하루에 한 번 '스톤 아머' 스킬 사용 가능.]

[설명:최초의 드워프인 다간이 몇 년 동안 심혈을 기울여 만들어낸 흉갑이다. 블랙 마크론 광석을 소재로 삼아 방어구에서 가장 중요한 내구도에 치중했다.]

'역시 유니크 장비답게 효과는 뛰어나. 왜 드워프가 만든 장비가 유적지에서 유물로 튀어나온 건지는 잘 모르겠지만 이참에 상의만큼은 바꿔도 괜찮겠지.'

사태후의 스킬에 세 개의 장비가 파괴되긴 했지만, 이 정도 수준의 유물이면 완전히 손해는 아니었다. 따로 잭에게 고대 유적지에서 나온 재료들을 건네며 제작까지 맡겼으니 금방 새로운 무기와 부츠도 완성이 될 것이다.

다만, 뒤늦게 느껴져 오는 귓가의 허전함은 용찬으로서도 어쩔 수 없었다.

'속삭임의 귀걸이는 꽤나 유용하게 사용해 왔는데 아쉽군. 한동안은 탐색 스킬에만 의존해야겠어.'

그렇게 아쉬움을 털어내며 능숙히 튜닉 상의를 벗어 던졌을까.

"꺄아아아. 헨드릭. 지금 숙녀의 앞에서 뭐 하는 거야!"

갑자기 침대 위에 있던 아이리스가 볼을 붉히며 자신의 두 눈을 가려왔다.

그제야 자유를 찾게 된 체서가 새파랗게 질린 표정으로 어깨 위로 올라왔고, 용찬은 순간 어이가 없어 헛웃음만 흘렸다.

"누가 숙녀라는 건지 모르겠군."

"냐아아앙!"

"으아아앙. 둘 다 미워!"

가녀린 마음에 상처를 주는 마왕과 정령이었다.

-마왕님. 본격적으로 상단 활동을 시작해도 될 것 같습니다. 우선 마왕님께서 주신 장비와 아이템들로 자금을 마련했고, 지금은 무역 중계소를 오가며 자리를 갖추어가는 단계입니다. 만약 허락만 내리신다면 철광산에서 채광하는 철광석들 일부도 판매할까 하는데 괜찮겠습니까?

로버트에게 통신이 온 것은 아이리스가 뛰쳐나간 지 얼마 안 되어서였다. 상업 방면으로 유능한 재능을 가지고 있던 그는 지부에서 갈고닦은 경험을 바탕으로 빈껍데기만 남아 있던 상단을 다시금 일으키는 데 성공했다.

물론 아직은 구색만 갖춘 정도였지만 이대로 간다면 얼마 되지 않아 지속적으로 거래 및 계약 건들을 따낼 수 있을 것이다.

"편한 대로 해라."

-감사합니다.

충성심이 어린 목소리와 함께 통신이 끊겼다.

수정구를 쥐고 있던 용찬은 잠시 호흡을 가다듬더니 이내 뇌안을 시전했다.

[뇌안이 발동됩니다.]

두 눈동자로 피어나는 푸른 아지랑이.

얼마 되지 않아 신형이 빠르게 이동되었지만 시전 속도에 비해 이동되는 거리가 너무 짧았다.

"쯧. 숙련도 낮아서 제대로 거리가 나오지 않는군. 이런 범위라면 활용성은 거의 없다고 봐야 되겠어."

파이칸 고대 유적지에선 태현이 당황한 틈을 타 성공시킨 감이 없지 않아 있었다.

그나마 위안이 되는 것이라면 안드로이드들을 상대하며 쌓은 뇌전의 속성력일 터. 전투를 거치며 상승시킨 스킬들의 숙련도까지 생각해 보면 그리 소득이 없는 것도 아니었다.

'……유태현.'

문득 최상층에서 벌인 그와의 교전이 떠올랐다. 나름 새로운 능력들까지 얻으며 승부수를 걸어볼 만하다고 여겼건만. 신법석이 발동되기 직전까지도 쉽사리 승리를 장담할 수가 없었다.

'더 강해져야 해. 플레이어로서도. 마왕으로서도.'

대륙이든 마계든 적들은 많고 강자들은 널려 있었다.

용찬은 몇 차례 더 스킬들을 발동시키며 분노를 삭였다.

하지만 그것도 잠시.

"크윽. 역시 무리한 동작은 아직 안 되는 건가."

온몸이 욱신거리며 사태후에게 당한 부상의 고통이 찾아왔다. 아무리 자연 치유력을 뛰어난 마족의 몸이라도 한동안은 지속적으로 치료를 받아야만 할 터.

"또 과격하게 몸을 움직이신 것입니까. 마왕님."

"이런. 금방 치료술을 시전해 드리겠습니다."

마침 그레고리와 함께 로드멜이 방 안으로 들어왔다.

천천히 치료술사의 스킬을 타고 전해지는 마력.

그제야 용찬은 한결 편해진 몸 상태로 침대 위에 걸터앉았다.

"이래선 바깥에 나가지도 못하겠군."

"기왕 이렇게 된 김에 현재 주어진 수행 과제부터 천천히 클리어하심이 어떻겠습니까. 어차피 가주님께서도 바쿤에 한 차례 더 방문하신다고 그때 말씀하셨지 않습니까."

"하아. 일단 그래야겠군."

"부디 걱정은 하지 마십시오. 제가 곁에서 하나하나 빠짐없이 설명해 드리도록 하겠습니다."

오늘따라 유난히 그레고리의 눈빛이 부담스럽게 느껴졌다.

하지만 서포터로서의 본능은 잠재울 수 없는 것인지 막을 새도 없이 설명이 시작됐다.

[바쿤의 영역]

타이밍에 맞게 눈앞으로 떠오르는 상세 지도창.

"현재 절망의 대지 최남단의 바쿤은 이런 상태입니다. 당장은 영역 자체가 선포되지 않았기 때문에 표시가 되지 않고 있지만 한 번 영역을 만들게 되면 그때부턴 붉은색 선으로 영역들이 표시가 될 것입니다."

"……으음."

그 이후로 정신을 쏙 빼놓게 만드는 속사포 설명이 이어졌다.

그렇게 한참을 그에게 지도(?)를 받았을까.

[바쿤의 영역이 선포되었습니다.]

마침내 첫 번째 영역이 활성화됐다.

용찬은 상세 지도창으로 떠오른 붉은 선들을 보며 인상을 구겼다.

"아직 이 정도 영역밖에 안 되는 거냐?"

"당장 주어진 공간은 이 정도입니다. 이제부턴 서열전을 통해 영역을 빼앗거나 수행 과제 및 등급 상승을 통해 다른 땅까지 영역을 넓히실 수 있으실 겁니다."

"차근차근 단계를 밟아가라는 소리군."

"바로 그것입니다!"

다시금 느끼는 것이었지만 오늘따라 유난히 그레고리의 반응이 심상치 않았다. 뒤늦게 그것을 깨달은 용찬이었지만 이미 손 쓸 도리가 없었다. 아마 바쿤이 발전하는 동시에 서포터로서의 능력도 한층 빛을 발하는 것일 터.

하지만 그런 것과 상관없이 당장 손에 쥐어진 영역은 거의 집 앞의 마당 수준이었다.

"이것 가지곤 별로 할 수 있는 것도 거의 없겠어."

"너무 실망하지 마시기 바랍니다. 이제 막 영역을 가지기 시작한 만큼 원래 이 정도가 정상입니다. 그리고……."

상세 지도창에 이어 다른 시스템 창이 눈앞으로 떠오른다.

[현재 개설 가능한 시설]

[1. 울타리]

[2. 막사]

[3. 망루]

[4. 허술한 나무 벽]

"이 시설들이 현재 영역 단계에 걸맞은 시설들입니다."

마치 경영 시뮬레이션 게임처럼 시설에 필요한 공간과 가격들이 주루룩 나타났다.

겉 생김새만 봐도 조잡하기 그지없는 시설들.

한데, 어찌 된 것인지 울타리부터 가격이 만만치 않았다.

"……이딴 조잡한 것들이 몇천 쩸씩 잡아먹는다고?"

"비록 지금은 조잡해 보이실지 모르지만 차후 서열전과 마왕성 수호를 생각해 보신다면 그리 나쁜 시설들도 아닐 겁니다."

그레고리의 조언에 머리가 지끈지끈 아파왔다.

본래 이런 방면으로 거의 무지하던 용찬이었기에 영역을 관리하기에 앞서 머리부터 복잡해져 왔다.

시스템 창을 볼 수 없던 로드멜은 곁에서 고개만 갸웃거리고 있었지만, 당장 바쿤을 맡고 있는 마왕은 심각했다.

'이런 것까지 관리하며 마왕성을 운영해야 한다니. 차라리 모든 업무를 그레고리에게 맡겨 버리는 것도 나쁘지 않을……'

점점 본심이 바깥으로 드러나려던 차, 화면 속으로 로브를 걸친 두 명의 모습이 비치기 시작했다.

-갑자기 어디를 그렇게 가는 건데?

-잠자코 따라와. 내가 좋은 것을 발견했으니까.

-하아. 이러다가 나 마왕님에게 혼난다고.

머리 위로 떠오른 두 명의 이름. 몇 시간 전 방을 뛰쳐나갔던 아이리스와 헥토르였다.

"빌어먹을. 밖으로 나가지 말라고 그렇게 경고했건만."

"끄응. 죄송합니다. 잠시 동안 헥토르 님께 아이리스 님을 맡아달라고 부탁한 거였는데 이렇게 될 줄이야. 다 제 불찰입니다. 용서해 주십시오. 마왕님."

"하아. 그나마 로브를 걸치고 나가서 다행인 건가. 우선 마력 결계부터 쳐야겠군."

최근 새로운 마력 기술들을 배운 용찬은 감지계 기술에 대비하기 위해 급히 마력 결계를 시전했다. 그사이 아이리스는 손에 모종삽을 쥔 채로 무언가를 열심히 땅에 심고 있었는데, 얼마 되지 않아서 그 정체가 드러났다.

[NPC 아이리스가 바쿤의 영역에 정체불명의 씨앗을 심었습니다.]
[NPC 아이리스가 바쿤의 영역에 인공 씨앗을 심었습니다.]
[NPC 아이리스가 바쿤의 영역에 인공 씨앗을 심었습니다.]

'저 씨앗은 또 언제 가져간 거지. 그리고 인공 씨앗이라면 씨앗 생성을 통해 만들어낸 것들인가?'

정성껏 씨앗을 심고 미리 챙겨온 수통을 꺼내 물까지 뿌려주는 섬세함까지. 갓 선포된 영역은 얼마 되지 않아 씨앗들로 가득해져 갔다.

그리고 한참 흙을 도로 묻으며 물주기를 반복한 결과.

[NPC 아이리스의 놀라운 성장력이 발동됩니다.]

정원사 고유의 특성이 발동되며 땅 위로 새싹이 돋기 시작했다.

"……."

방 안을 감도는 묘한 정적.

화면을 유심히 지켜보던 용찬이 가장 먼저 허탈한 웃음을 지었다.

"그래. 얼마 되지도 않는 영역인데 차라리……."

털썩!

"맙소사. 바쿤의 첫 번째 영역이!"

하지만 모든 노력이 물거품이 된 그레고리는 반대로 크나큰 절망에 휩싸이고 말았다.

첫인상은 그다지 좋지 못했다.

피로 흠뻑 젖은 얼굴과 넝마가 된 장비들.

이미 도망칠 기력도 없던 차에 마주친 그녀에게 자신이 어떻게 보였을지는 안 봐도 뻔했다.

"설마 쫓기고 있는 거예요?"

"……신경 꺼."

"어떻게 신경 안 쓸 수가 있어요. 잠시만 기다려요!"

단순히 호의를 베풀지 않으면 못 버티는 성격인 것인지 아니면 애써 모른 척을 하고 있던 것인지. 뻔히 손등으로 붉게 물든 문신이 보이는데도 불구하고 그녀는 안절부절못하며 급히 어딘가로 달려가 버렸다.

점점 흐릿해지는 시야와 앞으로 고꾸라지는 신형.

뒤늦게 무언가를 쥔 채 달려오는 그녀의 모습이 눈에 들어왔지만 얼마 되지 않아 의식이 끊어졌다.

그리고.

"아, 일어나셨어요?"

"……"

다시 정신을 차렸을 즘엔 방대한 신성력이 방 안을 가득 메우고 있었다. 타의 추종을 불허하는 엄청난 스킬 운용력. 모든 감지계 효과와 추적계 효과를 무효화시키는 강대한 능력에 당황하는 것은 어찌 보면 당연했다.

그렇게 용찬은 제대로 이름도 모르는 그녀에게 도움을 받아 몸을 숨길 수 있었다.

"전 신아람이라고 해요. 당신은요?"

"……왜 날 도운 거지? 머더러가 어떤 놈들인지 뻔히 알고 있을 텐데."

"머더러? 그게 무엇인지는 잘 모르겠지만, 위기에 처한 사람을 돕는 것은 당연하잖아요. 자, 저부터 이름을 밝혔으니까 얼른 당신도 이름을 알려주세요. 그래야 공평한 거잖아요?"

플레이어 신아람.

머더러가 정확히 어떤 단체인지도 모르던 그녀는 그저 환하게 미소를 지으며 이름을 물어올 뿐이었다.

티끌 한 점 묻지 않은 순수한 인격체라고 할까.

며칠씩이나 성당에 머물게 되면서 아람에 대한 의문들은 갈수록 늘어만 갔다. 또, 한편으론 너무도 순진한 성격에 익숙지 않은 감정들까지 내부에서 꿈틀거릴 때도 있었지만, 용찬은 그럴수록 더욱 강하게 부정하며 자신을 다스려 왔다.

물론.

"적월 길드에 대해서도 모른다니. 도대체 너 플레이어가 맞긴 한 거냐."

"모, 모를 수도 있는 거죠. 사람이 모든 것을 다 알고 살 순 없는 거잖아요!"

워낙 정보력이 없던 아람이었기 때문에 답답한 것은 어쩔 수가 없었다.

그렇게 얼마나 시간이 흘렀을까. 몸의 부상이 거의 완치될 즘 전혀 뜻밖의 사실을 전해 듣게 됐다.

"네가 1차로 소환된 플레이어였다고?"

"……."

얼마나 잠에 빠져들어 있었던 것일까.

눈을 떴을 땐 이미 날이 밝아 있었다. 곁에 앉아 치유술을 펼치고 있던 로드멜은 보이지도 않는 상황.

"……냐아아."

그저 보이는 것이라곤 몸 위에서 새근새근 자고 있는 체서뿐.

그제야 용찬은 자신이 치유를 받던 도중 잠들었단 사실을 깨닫게 됐다.

"쯧. 하필 그때의 기억이 꿈으로 나타날 줄이야."

아직도 아람의 환한 미소가 머릿속에 선명히 남아 있었다. 잊혀질 법도 한 기억이건만, 파이칸 고대 유적지에서 태현이 했던 도발들이 영향을 준 것인지 다시금 꿈으로나마 회상을 하고 있었다.

퍽!

"냐아아앙?"

검은 털뭉치(?)가 펄쩍 뛰어오르며 불쾌한 아침이 시작된다.

자리에서 일어난 용찬은 가장 먼저 상태창을 살폈다.

[플레이어 명:고용찬]

[등급:C]

[종족:마족]

[직업:무투가]

[특성:6]

[스킬:18]

[칭호:바쿤의 마왕]

[권능:뇌전]

[힘:34][내구:26][민첩:29][체력:26]

[마력:32][신성력:?][행운:21][친화력:64]

뇌전의 기운을 통해 전력을 흡수한 덕분인지 친화력이 유독 많이 성장해 있었다.

그리고.

'신성력이 왜 물음표가 되어 있는 거지?'

마족이란 종족 때문에 신경도 쓰지 않고 있던 신성력 능력치가 물음표로 표시되어 있었다.

'혹여 신법석이 무슨 영향이라도 준 것일까.'

잠시 의문이 깊어졌지만 당장 알 수 있는 것은 없었다. 그나마 희소식이라면 사태후에게 당한 부상이 거의 회복되었던 것일 터다.

'먼저 처리할 것들은 가주의 방문과 악몽의 탑 정도인가. 아니지. 르네의 밤 때 얻은 수입원의 위치도 있으니 여러모로 바빠지겠어.'

그 외에도 아직 찾지 못한 히든 피스들과 예언자의 마녀와 관련된 퀘스트도 남아 있었다. 아마 한동안은 마계와 관련된 일부터 마저 처리해야 될 것이다. 그렇게 판단한 용찬은 일전에 선포한 영역부터 확인했다.

[바쿤의 영역]
[등급:1단계]
[설치된 시설:최하급 울타리]
[상태:토지 정화(진행 중), 식물 성장(진행 중)]

'그레고리의 조언만 믿고 일단 울타리부터 설치하긴 했지만 별 도움이 될지 모르겠군. 지금은 그저 아이리스의 놀이터 수준 정도인가.'

황폐한 대지를 정화시키고 씨앗을 뿌려 식물을 기르고 있는 아이리스. 다행히 마법사인 록시를 붙여 감지계 및 추적계 기술들을 사전에 차단하고 있었지만, 이미 바쿤의 앞마당은 정원이 되어가고 있었다. 그런 가운데 고작 8천 젬짜리 최하급 울타리를 설치하니 외관상으로는 농작물을 보호하는 것처럼 보일 뿐이었다.

'마왕님. 어차피 골드를 젬으로 환전할 수도 있지 않습니까. 부디 영역에도 신경을 써주시길 바랍니다.'

순간적으로 간절히 부탁하던 그레고리의 모습이 떠올랐다.

점점 더 복잡해지는 마왕성 운영에 머리를 긁적이던 용찬은 이내 한숨을 내쉬며 달라붙는 체서를 밀어냈다.

"저리 좀 꺼져라."

"냐아아아. 너무하다. 주인!"

"귀찮게 굴지 말고 저기 가서 수정구나 가져와라."

꼬리를 쫑긋 세우던 체서가 억울한 표정으로 통신 수정구를 가져왔다.

"그레고리. 지금 내가 말하는 병사들을 위로 올려보내라."

-예. 알겠습니다.

얼마 되지 않아 차례대로 최상층에 올라오는 병사들. 파이칸 고대 유적지에서 얻은 장비 중 일부를 따로 분류해 두었던 용찬은 가장 먼저 올라온 루시엔의 상태를 살폈다.

[루시엔:서, 설마 저번에 멋대로 달려들었다고 혼내려는 건 아니겠지?]

[상태:의지, 불안]

[호감도:69%]

[충성심:71%]

바쿤의 첫 번째 정식 용병으로서 탈주한 병사 중에서 유일하게 남아 있던 루시엔이었다. 그동안 온갖 미션과 서열전 등에 참전하며 어느 정도 숙련된 검사로 성장한 다크 엘프. 댄싱 재능, 광폭, 신속화를 살려 빠르고 안정적인 검술을 구사하는 그녀도 어느덧 C급에 달해 있었다.

'약간 아쉬운 것은 무기 정도이려나.'

뛰어난 성장력에 비해 아직도 매직급 수준에 미쳐 있는 두 자루의 검.

용찬은 방에 들어와서 우물쭈물하는 루시엔에게 새로운 장비를 건넸다.

"……이건?"

"고대 유적지에서 얻은 무기다. 이전에 쓰던 것보단 나을 테니 이번 기회에 교체해라."

"고, 고맙습…… 우왓!"

어색히 고개를 숙이던 차, 손에 쥔 두 자루의 검에서 광선이 쏘아져 나왔다.

[하몰란 듀얼 레이저 소드]

[등급:레어]

[옵션:방어력 관통 피해력 추가, 화상 피해력 추가, 하루에 한 번 '레이저 빔' 스킬 시전 가능.]

[설명:하몰란 금속으로 만들어낸 최첨단 레이저 소드. 뛰어난 절삭력을 자랑하며 가끔씩 에너지를 충전해 빔을 쏘기도 한다.]

로보틱스 팩토리에서 나온 장비답게 고도의 과학 기술이 혼합되어 있는 무기였다. 루시엔은 멍하니 두 눈을 깜빡이며 레이저 소드를 이리저리 살폈다. 그리고 뒤늦게 손잡이의 버튼을 찾았는지 이내 강렬히 쏘아져 나오던 레이저가 사그라들었다.

"이, 이런 검이 존재할 줄이야."

"딱히 사용하는 데 큰 불편함은 없을 거다. 그리고……."

"네?"

"잘했다."

혹여 잘못 들은 것은 아닐까. 고개를 갸웃거리던 루시엔의 얼굴이 당혹으로 물들었다.

하지만 미처 되묻기도 전에 용찬에 의해 쫓겨난 그녀는 복도에서 멍하니 방문을 쳐다만 봐야 했다.

"……내가 잘못 들은 거겠지?"

"펴페펭. 이런 아이템을 주실 줄이야. 감사합니다. 마왕님.
한데, 조금 더…… 크흠흠!"

-하지 않는다. 감사!

"……감사합니다."

그 이후로도 장비 분배는 계속되었다.

위르겐에겐 고성능 레이더를, 쿨단에겐 아쉬운 대로 내구력
을 올려주는 타이탄의 부츠를. 그리고 록시에겐 캐스팅 속도
를 상승시켜 주는 하란의 아뮬렛을 건네주니 대충 장비는 정
리가 됐다. 남은 것은 섹터 F 구역에서 회수한 플레이어 전용
소비 아이템들뿐.

"마왕님. 저는 뭐 없어요?"

뒤늦게 헥토르가 볼을 부풀린 채 따지러 왔지만 안타깝게
도 마탄의 궁수에게 쓸 만한 장비는 남아 있지 않았다.

그저, 줄 수 있는 것이라곤 머리에 큰 혹을 선사해 주는 것뿐.

중앙 관리실에서 장궁으로 냅다 아둔을 후려치던 장면은
아직까지도 기억에 내리 남아 있었기에 용찬은 망설이지 않았다.

"받은 지 얼마 안 된 장궁을 벌써 부러트릴 속셈이냐."

"아으으으으. 죄송해요오."

"쯧. 이만 나가봐라."

마탄의 궁수로 전직했음에도 불구하고 끝까지 근접 전투를 고집하는 헥토르.

이젠 한조 부대까지 근접 전투법과 강인한 육체를 배운 가운데 가끔씩 앞으로 돌진하는 궁수들의 전투 방식은 골칫덩이 그 자체였다.

그렇게 모든 병사들을 돌려보낸 용찬은 다시금 그레고리를 불러 현재 바쿤의 병력 상태를 체크했다.

[고블린×39]

[놀×25]

[트롤×15]

[코볼트×35]

[오크×30]

[리자드맨×28]

[스켈레톤 병사×20]

[늑대인간×4]

"이제 병사들의 숫자도 130마리는 넘었군. C급 마왕성부턴 최대 300마리까지 병사를 가질 수 있다고 했던가."

"예. 맞습니다. 그동안 서열전을 치루며 희생된 병사들도 있었지만, 이 정도만 해도 거의 정예 병사들 수준입니다."

수십 번의 전투를 거듭하며 경험을 쌓은 130여 마리의 병사들. 네 개의 부대에 속해 나름 숙련도를 쌓으며 줄곧 성장해왔지만, 아직 부족했다. 특히 다른 마왕성들과 비교해 봤을 때 조금 더 숫자를 늘릴 필요가 있었다.

"이번 기회에 새로운 병사들을 소환시키시는 것도 괜찮을 듯합니다."

"슬슬 그래야겠지."

그레고리의 말마따나 다시금 젬을 투자할 시기였다.

한동안 수행 과제 및 라딕 던전을 통해 벌어둔 젬도 있으니 따로 준비는 거치지 않아도 될 터.

하지만 그전에 앞서 영역을 선포하며 얻은 수행 과제의 보상부터 처리해야 했다.

[수행 과제 보상으로 특수 상점 1회 이용권이 주어집니다.]

가끔씩 보상을 통해 얻을 수 있는 특수 상점 이용권. 처음엔 그다지 신경 쓰지 않고 있던 기능 중 하나였지만 강화된 마력의 돌을 구매한 이후로부터 특수 상점의 중요성은 한층 더

부각된 상태였다.

[1.은막의 수리검]
[2.성흔의 레이스]
[3.고대 이무기의 가죽]
[4.비탄의 반지]

'이번에는 그다지 건질 게 없는 것 같은데. 그나마 비탄의 반지 정도인가.'

사태후에게 파괴된 장비는 세 개뿐만이 아니다. 기존에 장착하고 있던 반지 또한 내구도가 다 되어 사라진 상태.

비탄의 반지의 효율을 떠올리던 용찬은 잠시 고민하다 이내 결정을 내렸다.

[10,000젬을 소모해 비탄의 반지를 구매했습니다.]

무려 레어급에 달하는 새로운 액세서리. 비록 지출은 컸지만, 힘과 민첩 능력치를 동시에 올려주는 효과를 생각해 봤을 때 그리 나쁜 선택도 아니었다.

"처음 보는 반지로군요."

"방금 구매했지. 이제 준비도 끝났고 4층으로 내려가……."

지이이잉.

중지에 낀 비탄의 반지를 살피던 차, 그레고리의 통신 수정구가 진동했다.

진지한 표정으로 고개를 끄덕거리는 그의 모습. 그리고 통신이 끝나자마자 예고되어 있던 사실을 전해왔다.

"아무래도 가주님께서 바쿤으로 출발하신 것 같습니다."

"……음. 전력을 강화시키기 전에 먼저 가주부터 맞이해야겠군."

샤틀리 가문과 가문전에 대한 비밀을 줄곧 감추어왔던 펠드릭 프로이스. 이젠 정식 후계자로서 프로이스 가문의 사정 또한 미리 알고 있어야만 했다.

용찬은 한층 진지해진 눈빛으로 화면을 가리켰다.

"……우선."

"예. 하명만 하십시오. 마왕님."

"아이리스부터 라딕 던전으로 보내라."

"……아."

그제야 미처 잊고 있던 사실을 깨달은 그레고리였다.

◀ **42장** ▶

가문의 사정

마계의 가장 영향력이 높은 가문을 손꼽자면 미첼을 중심으로 영역을 펼치고 있는 프로이스 가문이 제일 먼저 언급이 될 것이다.

전대 서열전부터 홍염의 패자로서 명성을 떨쳤던 펠드릭 외에도 꾸준히 상위권을 독식했던 가주들. 그리고 충성심 높은 용병들과 병사들이 원로로 남아 계속 가문을 관리하고 있었으니 마계에서의 영향력은 이루 말할 수 없을 정도였다.

하지만 그 외에도 부강한 가문들은 여럿 존재했는데 그중 하나가 바로 샤들리 가문이었다.

"사실상 샤들리 가문 놈들과의 충돌은 전대 서열전부터 쭉 이어져 왔었지. 만약 서열 1위 자리를 샤들리 가주 놈에게 뺏졌다면 벌써 마계는 놈의 손에 떨어졌을 거다."

　마계를 통치할 목적으로 초기부터 위원회와 줄곧 접촉해 왔
던 로이스 샤들리. 잠시 옛 기억이 떠오른 것인지 찻잔을 들고
있던 펠드릭이 안색을 굳혔다.

[기의 파동(공용)이 발동됩니다.]

　방 안을 맴도는 강대한 기운들. 얼마나 위협적인 기세인지
공격을 받지 않았음에도 불구하고 기의 파동이 자동적으로
발동되고 있었다.

　'역시 홍염의 패자라고 해야 되나. 아니, 이 정도 마력이라면
그때보다 더욱……'

　공식적으로 방문 소식을 밝히고 바쿤으로 찾아온 펠드릭은
본론을 꺼내기 직전부터 분위기가 심상치 않았다.

　맞은편에 앉아 있던 용찬은 예상보다 강력한 그의 마력에
인상을 구기며 그레고리를 바깥으로 돌려보내자, 그제야 본인도
넘실거리는 마력을 눈치챈 것인지 자중하는 태도를 갖추었다.

　"음. 잠시 옛 기억을 떠올라 그만 흥분해 버렸군."

　"전 괜찮습니다. 그레고리도 돌려보냈으니 이제 슬슬 본론
으로 들어가 주시죠."

　"쯧. 성격이 급한 것은 여전하구나. 좋다. 정식 후계자가 된

이상 너도 결국은 알고 있어야 할 테지. 한데, 그전에……."

묘한 기류가 감도는 접대실 안. 어느덧 감긴 눈을 뜬 펠드릭이 머리 위에 있는 무언가를 가리켰다.

"왜 지고의 존재께서 바쿤에 있는 것이냐?"

"음?"

"에구구구."

머리 위에 눌러 앉아 있던 빈대떡(?)이 꿈틀거린다. 뒤늦게 무르팍으로 내려온 아리샤의 모습에 머릿속이 혼란스러워졌다.

교차하는 세 명의 시선 속에서 고요해지는 분위기.

"……."

예상치 못한 불청객에 용찬은 이마를 탁 짚으며 고개를 떨구었다.

🐐

'펠드릭의 목표는 지나친 이상에 지나지 않지. 우리들은 좀 더 현실적으로 마계를 들여다봐야 해. 이대로라면 플레이어들의 손에 놀아만 나는 꼴이야!'

'과도한 욕망은 화를 부르는 법이야. 마계에서 만족 못 하고 대륙까지 손을 벌린다? 이건 그저 마족들을 전쟁을 위한 도구로 전락시키겠다는 계획에 불과해.'

전대 서열전이 시작되고부터 일찍이 대립해 왔던 두 명의 마왕. 서로가 가진 권능처럼 극명한 상성 차이를 가지고 있던 펠드릭과 로어스는 각자 다른 목표를 추구하며 서열 1위 자리를 노려왔다.

하지만 시간이 흐를수록 전력 차이는 심하게 벌어졌고 마지막 최상위권 자리를 놓고 벌어진 싸움 속에서 마침내 승자가 정해지고야 말았다.

'결국, 이번 서열전은 홍염의 패자가 우승을 가져갔군.'

'어차피 대부분 예상은 하고 있었잖아. 이미 놈은 로어스보다 훨씬 더 높은 곳에 위치해 있어.'

'이제 문제는 마계의 통치권이겠는데. 과연 펠드릭이 마계 대통합을 노릴까. 아니면 오롯이 왕으로만 남을까.'

오직 서열 1위에게만 주어지는 무수한 영광들.

그중에선 다음 서열전이 끝날 때까지 마계를 통치할 수 있는 왕의 권리도 속해 있었고, 대부분의 마족들과 이종족들은 마계의 평화를 추구하는 펠드릭이 왕좌에 앉기를 바랐다.

하지만 그것을 바라지 않는 세력 또한 존재하게 마련이었고 샤들리 가문을 중심으로 상위권 마왕들이 반발하고 나서며 통치권은 보류됐다.

특히 마계 위원회의 수뇌부들과 교류하고 있던 샤들리 가문의 영향 때문에 결국 왕좌에 대한 권리는 다음 대의 서열전으로 넘어가 버렸고, 프로이스 가문은 최대 규모의 미첼과 수십 개의 수입원. 그리고 마계 위원회 다음으로 마계를 움직일 수 있는 권한을 약속받는 정도에서 만족해야만 했다.

"……전대 서열전부터 이어져 온 대립 관계."

"그런 셈이지. 그 비열한 놈의 수작만 아니었으면 마계의 통치권은 진작 내 손에 들어왔을 거다."

기나긴 회상을 끝낸 펠드릭이 잠시 숨을 골랐다.

마계 통치권을 놓고 끝까지 물고 늘어진 샤들리 가문. 마계 위원회 측에서 일방적으로 통치권을 무효로 돌렸을 때의 허무함은 그 어떤 누구라도 극에 달할 수밖에 없을 것이다.

하지만 아직까지 풀리지 않은 의문점이 있던 용찬은 모르안과 질시언을 떠올리며 물었다.

"그렇다면 정략결혼을 통해 가문과의 관계를 개선한 것도 가주님의 선택이셨습니까?"

"아니. 그것은 원로님들께서 제안한 방법이었다. 전대 서열전이 끝난 이후에도 끊임없이 이어져 온 바이칼의 견제를 보다 못해 내건 정략결혼이었지. 특히나 오르비안까지 세상을 떠난 상태에서 원로분들의 주장은 강력했고 나는 마지못해 받아들였었지. 다행히 샤들리 가문도 마계 위원회를 통해 그 의견을 수용했고 얼마 되지 않아 조약을 맺게 됐지. 하지만……."

"호오. 내부에서부터 조금씩 살을 갉아먹기 시작한 게로구나."

두 가문의 관계 개선을 미끼로 심어둔 걸림돌. 정부인 모르안과 서자인 질시언의 존재가 어떤 영향을 끼쳤는지 직감한 아리샤가 먼저 대답을 가로챘다.

"그렇습니다. 오히려 그들이 노린 것은 제가 아닌 헨드릭. 즉, 마왕성 바쿤이었던 것이죠."

"기껏 정식 후계자가 된 마왕이 망나니로 소문이 나 있었으니 더욱 좋은 기회였을 테지. 그래서. 내부 협력자는 찾은 게냐?"

"저택의 집사이던 한 명이 주도적으로 정보를 제공한 것은 알아냈지만 끝내 주동자는 찾아내지 못했습니다."

"허어. 그래도 미심스러운 인물은 있을 텐데. 예를 들어 원로들이라거나?"

아리샤가 예리한 눈초리로 정곡을 찔렀다.

가장 먼저 정략결혼을 제시한 것은 가문의 원로들이었기 때문에, 내부에서 다른 가문과 소통하고 있다면 주동자는 원로들일 가능성이 매우 컸다. 펠드릭 또한 내심 원로들 쪽으로 의심이 갔던 것인지 잠시 몸을 움찔거렸지만 이내 답답한 표정으로 한숨을 내쉬었다.

"당장 밝혀진 게 하나 없는 상황에서 함부로 원로들을 몰아갈 순 없는 입장입니다. 아무리 제가 가주로서 권리를 내세운 다고 해도 말이죠."

"쯔쯔쯧. 이래서 자리가 사람을, 아니, 마족을 곤란케 하는 게지."

"일단 내부 협력자들과 함께 모르안과 질시언을 구금한 상 태입니다. 최근 들어 바이칼 놈들의 움직임이 심상치 않은 것 을 보아 계획을 일부 수정한 것이겠지요. 아마 마계 위원회 측 도 미첼과 바이칼의 전쟁을 막기 위해 가문전을 수단으로 내 세운 게 아닐까 싶습니다."

슬슬 가문의 사정들이 차례대로 밝혀지기 시작한다.

모르안과 서자 질시언을 내세워 정식 후계자의 자리를 뒤흔 든 내부 동조자들. 그리고 계획이 들키자마자 바이칼 국가를 움직여 다시금 미첼을 견제하기 시작한 샤들리 가문까지.

이미 정략결혼을 통해 맺었던 조약 따윈 신경도 쓰지 않고 본색을 드러낸 로어스였다.

'그래서 그때 로저스란 놈이 그따위 말을 지껄였던 거였군.'

이제야 르네의 밤 때의 의문이 풀렸다. 그리고 동시에 한동 안 펠드릭이 바쁘던 이유도 완벽히 알게 된 용찬이었다.

다만, 문제는.

"그럴 땐 좀 더 돌아가는 방법도 괜찮을 게다."

"음. 그렇군요."

"……."

마녀의 존재를 미리 알고 있던 펠드릭이었다. 당장만 해도 홍염의 패자인 그가 아리샤의 앞에서 최대한 예의를 갖추고 있지 않은가.

갈수록 마녀에게 조언을 듣는 분위기가 되어가는 접대실 상황에 용찬은 대번 인상이 구겨졌다.

"도대체 가주님께선 어떻게 마녀에 대해 알고 계신 것입니까."

"말조심해라, 헨드릭. 감히 조율자분 앞에서 그게 무슨 망발이더냐."

"냐하하하. 관두거라. 얘가 무엇을 안다고 그러느냐."

머리 위에 올라타고 있던 아리샤가 유쾌한 웃음소리를 흘린다.

설마 이런 꼬맹이를 조율자라고 칭하고 있는 것일까.

은둔자의 숲에서 마녀가 어떤 존재인지 일찍이 들어서 알고 있던 용찬이었지만 펠드릭의 저런 태도는 낯설기 그지없었다.

'……이 자식들이 아주 쌍으로.'

살짝 짜증이 치솟았지만 그런 불쾌한 기분도 얼마 되지 않아 사라졌다.

"내가 조율자분을 만난 것은 이번이 처음이 아니다. 물론 눈앞의 조율자분은 처음 뵙는 것이긴 하지만 다른 분과는 일찍이 알고 지내던 사이였지."

"……설마?"

"그래. 예언자의 마녀. 자신을 그렇게 칭하던 조율자분과 교류를 해오며 다른 조율자분에 대해서도 어느 정도는 알고 있었다."

격렬히 요동치는 심장.

전혀 의외의 인물에게서 푸른 마녀에 대한 얘기가 나오자 두 눈이 휘둥그레졌다. 그리고 그것은 아리샤도 예외는 아닌지 한층 굳어진 안색으로 그를 쳐다봤다.

[동기화율 112%……]

다시금 노이즈 현상이 찾아온다. 이번에는 어두운 감옥 내부가 아닌 익숙한 저택 최상층이었다.

―너에 대한 처우가 결정이 났다. 더 이상 너 같은 한심한 놈에게 기대를 바라는 것도 멍청한 짓일 테지.

―그, 그게 무슨 뜻입니까. 아버지. 제게 한 번만 더 기회를 주십시오. 제발!

―소란 피우지 마라! 여기 어떤 분이 와 계시는 줄 알고 감히 입을 놀리는 거냐!

―……저분은?

불쾌할 정도로 무거운 분위기가 흐르는 집무실 안.

아들에 대한 감정 따윈 찾아볼 수 없는 가주의 싸늘한 눈
빛. 그리고 의자에 앉아 차를 홀짝거리고 있는 푸른 로브 차
림새의 여인까지.

-이야기는 많이 들었어요. 프로이스 가문의 정식 후계자 헨드릭
프로이스.

뒤늦게 그녀와 눈이 마주쳤을 땐, 이미 자신의 운명은 정해
진 것이나 다름없었다.

-널 유폐시킬 것이다. 헨드릭.

너무도 잔혹한 결정이 내려진다. 일종의 사형 선고나 다름
없는 가주의 한마디에 세상이 무너지기 시작했다.

그리고 공허한 마음속으로 극도의 절망감과 좌절감이 밀려
올 즈음.

"무엇을 그리 골똘히 생각하고 있는 게냐. 정신 차리거라."

"……"

다시금 눈 앞에 펼쳐진 현실로 되돌아왔다.

그제야 용찬은 자신의 머리를 두들기고 있는 아리샤를 인지했고, 대뜸 맞은편에 앉아 있던 펠드릭에게 물었다.

"혹시 제가 계속해서 망나니로 남아 있었다면 어떻게 하실 생각이셨습니까?"

"갑자기 그것은 왜 묻는 것이냐."

"개인적인 궁금증입니다."

"……조율자분들에 대한 얘기가 나와서 말하는 것이다만, 사실 네놈이 끝까지 정신을 안 차렸으면 아예 예언자의 마녀님을 찾아뵙고 네놈에 대한 조언을 들을 생각이었다."

갑자기 뒤통수가 화끈거린다.

전혀 예상도 하지 못하고 있던 펠드릭과 푸른 마녀의 관계. 마침내 헨드릭이 어떻게 끝까지 살아남았던 것인지 조금씩 실마리가 풀리기 시작했다.

하지만 당장 중요한 것은 그녀의 위치였다.

"그래서 그 예언자의 마녀란 분은 현재 어디에 계신 것입니까?"

허공에서 교차하는 두 명의 시선.

질문의 의도를 전혀 이해하지 못한 펠드릭은 잠시 뜸을 들이다 이내 입을 열었다.

"그분은……. 계획의 시작은 베텔과 헤르덴 상단이라고 추정하고 있다. 상단 쪽은 의외로 추적이 쉽게 되고 있지만 아무래도 베텔 쪽은 파이멀린 가문이 뒤에 있다 보니 조사가 쉽지 않은 상황이야. 아마 정식 후계자로서 너에게 일을 맡겨야 할 경우도 생길 수 있을 거다. 그리고 최근에 평가전 출전도 거부하고 서열전도 연패를 겪고 있다고 들었다만. 무슨 사정인지는 모르겠지만, 모쪼록 가문을 위해 다시금 서열에 신경을 쓰도록 해라."

두 번째 펠드릭의 방문은 수많은 사건들을 예고하며 뜻밖의 사실을 알려왔다.

가장 먼저 프로이스 가문과 샤들리 가문의 사정.

그리고 전혀 예상치 못한 마녀들과의 관계까지.

'펠드릭이 예언의 마녀와 알고 지내던 사이였다니. 아직 내 정체에 대해선 모르는 눈치였는데 도대체 어떻게 된 거지.'

특히 줄곧 찾아다녔던 그녀의 행방이 펠드릭의 입에서 나올 줄은 꿈에도 몰랐던 용찬은 새롭게 추가된 의문점들에 머릿속이 더욱 복잡해져만 갔다.

하지만 그렇다고 해서 전혀 소득이 없던 것은 아니었다.

"그분은 현재 대륙을 돌아다니고 계시지. 아마 조만간 가문의 저택으로 한 번 방문하실 거다. 그때 한 번 찾아 오거라. 내 직접 그분을 소개시켜 줄 테니."

가끔씩 통신 수정구를 통해 연락을 주고받던 펠드릭 덕분에 계기는 만들어졌다. 이로써 굳이 그녀가 위치한 필드로 찾아갈 수고는 덜었다고 볼 수 있었다.

"죄송합니다. 마왕님. 너무 익숙한 광경이어서 저도 모르게 그만 아리샤 님이 계시다는 것을 놓쳐 버리고 말았습니다."

반면 그레고리는 머리 위에 있던 아리샤를 잊어버린 채 그만 접대실을 나갔던 것이 끝내 마음에 걸렸던 것인지 사죄를 해왔다.

"그만 됐다. 깜빡 잊고 있던 것은 나도 마찬가지였으니까."

"냐하하하. 이 늙은이의 존재감도 눈치채지 못하다니. 아직 한참 멀었구나. 헨드릭."

"입 다물고 내려와라."

"됐고 이거나 받거라."

어느새 머리 위에서 내려온 아리샤가 침대 위로 무언가를 던졌다.

살짝 모양새가 달라져 있는 둥그런 마력 코어. 자신이 자리를 비운다고 전해주지 못했던 바쿤의 두 번째 마력 회로였다.

"드디어 푸른 마녀 녀석과 조우하겠구나. 하지만 조심하거라. 그 녀석은 다른 마녀들과 달리 꿍꿍이가 많은 녀석이니까."

"……."

동일한 마녀로서의 조언인 것일까. 문을 열고 사라지는 아리샤의 뒷모습에 조금은 경계심이 치솟았다.

'그래. 아직 푸른 마녀에 대해선 아는 게 하나도 없어. 그때 나한테 영혼 이식 구슬을 건네준 의도도 모르는 데다가. 푸른 마녀도 함께 회귀했다는 보장도 없으니까.'

만약 리셋의 영향을 받았다고 해도 아리샤처럼 영혼을 꿰 뚫어 볼지도 모르는 일이다.

자신도 나름의 대비를 세우며 우선적으로 정체를 숨겨야 할 터.

"한데, 정말 당황스럽군요. 샤들리 가문의 계획이 베텔과 헤 르덴 상단을 통해 시작된 것이었다니. 예전의 악연이 이렇게 다시 이어지는가 봅니다."

"쯧. 결국 그렇게 이어지는 건가. 이미 저택에 구금된 모르안 과 질시언은 버림패로 썼다고 봐도 과언이 아니겠군. 설마 자 신의 혈육까지 버리며 계획을 진행할 줄이야."

가문과의 관계까지 밝혀진 이상 이대로 가만히 손 놓고 있 을 수만은 없었다.

'그나저나 숨은 동조자가 있었다니. 헨드릭의 고유 기억에도 그럴 만한 놈은 보이지 않았는데. 과연 어떤 놈일까.'

끼이이익.

이중으로 된 철문이 열렸다 닫힌다. 오늘만 해도 벌써 수차
례씩이나 경비병들이 오가는 중이다.

보이는 것이라곤 온통 어두운 감옥 내부와 철창뿐.

초췌한 안색으로 감옥에 갇혀 있던 모르안은 끝없는 절망
감 속에서 서서히 고개를 떨구었다.

'도대체 어쩌다 이렇게 됐을까. 그저 아버님께 조금 더 도움
이 되고 싶었을 뿐인데.'

예고도 없이 들이닥친 수백 명의 경비대원들과 펠드릭 프로
이스. 정략결혼을 통해 맺었던 조약 따윈 이제 안중에도 없다
는 듯 시작된 바이칼의 견제 속에서 자신들의 가치는 한없이
바닥으로 꺼져만 갔다.

특히 미첼에 잠입했던 정보원들과 내부의 협력자들이 덜미
를 잡히면서 가문의 관계는 더욱 악화된 상태였다.

계획의 일부까지 들켜 버린 마당에 감옥에 구금되는 것은
당연한 신세일 터.

'이게 다 그 망나니 자식 때문이야. 그 자식만 저택으로 돌
아오지 않았더라면 일이 이렇게까지 되진 않았을 텐데!'

잠시 이전 일들을 회상하던 모르안은 원망 어린 눈빛으로
헨드릭을 떠올렸다.

하지만 그것도 잠시.

"얼굴을 들거라. 모르안."

문득 눈앞으로 드리워진 그림자에 절로 시선이 갔다.

어둠 속에서 은은히 빛나는 붉은 눈동자. 깊게 눌러쓴 후드 사이로 비치는 익숙한 얼굴에 온몸이 파르르 떨려왔다.

"다, 당신은?"

"내가 왜 찾아왔는지는 대충 알고 있겠지?"

"아아, 제발 목숨만큼은 살려주세요. 한 번만, 한 번만 더 기회를!"

그가 얼마나 강한지는 직접 체감한 적이 없어 알지 못한다. 그저 알고 있는 것이라곤 일찍이 가주와 친밀한 관계를 맺고 있다는 것뿐.

하지만 경비병들 몰래 감옥으로 내려온 이유 즘이야 간단히 예상할 수 있었다.

'우, 우리를 죽여서 입막음을 시키려는 거야. 단 하나의 정보도 새어나가지 않도록!'

끝없는 절망감 속에서 몰아치는 죽음에 대한 공포.

쇠창살을 붙잡고 애원하는 그녀의 목소리에 쓰러져 있던 질시언도 차츰 눈을 떴다.

"무슨 일이십니까. 어머…… 으헉?"

"둘 다 조용히 해라. 지금부터 너희들의 운명을 좌우할 얘기를 시작할 테니."

"……운명을 좌우하는 얘기?"

낭떠러지 앞까지 내몰린 두 명에게로 잔혹한 희망이 선사된다. 감옥 앞에 서 있던 사내는 살며시 입가를 말아 올리며 고개를 끄덕였다.

"그래. 운명을 좌우하는 얘기다. 마지막으로 너희에게 기회를 주도록 하지."

"무, 무엇이든 말씀만 하세요. 어떤 일이든 반드시 완수할 테니까요!"

"날짜는 앞으로 7일 뒤. 그때 너희들은 폭발된 감옥 안에서 탈출하는 역할을 맡게 될 거다. 아마 며칠 동안은 허겁지겁 도망가기 바쁠 테지. 그렇게 너희들을 미끼로 내던져 유인할 목표는 바로……."

보통 마족의 두 배는 되어 보이는 덩치 속에서 음산한 마기가 흘러나온다. 전대 마왕들에 이어 두 번째로 느껴보는 강대한 위압감에 점점 숨이 멎어 들었다.

그리고.

"헨드릭 프로이스다."

마침내 운명을 좌우할 지령이 떨어졌다.

그 시각, 펠드릭이 떠나간 바쿤 내부.

강제로 라딕 던전으로 쫓겨난 아이리스까지 돌아온 가운데 4층 내부로 용찬과 그레고리가 들어섰다.

사뭇 진지해진 분위기로 중앙에 선 둘은 잠시 서로를 번갈아 쳐다보더니 이내 고개를 끄덕였다.

"모든 준비는 끝났습니다. 마왕님."

"……음. 슬슬 시작해야겠지."

손에 쥔 수십 장의 카드가 눈에 들어온다.

마왕성 등급에 맞춰 가격대가 상승한 병사 소환권들.

그동안 제대로 된 병사들을 뽑아본 적이 없던 용찬은 생전 느껴보지 못한 긴장감까지 느끼며 첫 번째 소환권을 찢었다.

[병사 소환권을 사용합니다.]

[소환 게이트가 오픈됩니다.]

임시로 생성된 게이트 속에서 조그마한 인영들이 튀어나왔다.

"C급 블랙 홉 고블린들입니다. 약탈이란 재능을 가지고 있고 둔기류에 적합한 특성도 가지고 있습니다. 다만, 가지고 있는 스킬이 투척술뿐이군요."

"……투척술을 배운 고블린 세 마리라. 첫 스타트로 나쁘지 않군."

군이 따지고 든다면 약탈, 둔기류 특성, 투척술의 조합은 거의 절망에 가까웠지만, 이런 적이 한두 번이 아니었기에 용찬은 계속해서 소환권을 찢었다.

하지만.

"D급 늑대 인간들입니다. 재능은 없고 마법에 대한 특성을 가지고 있습니다. 으음. 한데, 스킬들은 전부 근접 전투술 방면이로군요."

"C급 트롤들입니다. 재능도 없고 특성도 없군요. 스킬도 웅크리기 정도밖에 없는 것 같습니다."

"……D급 푸른 가죽 놀들이군요. 이번 병사들은 아예 재능, 특성, 스킬들이 죄다 없습니다."

가면 갈수록 최악을 치닫고 있는 결과에 헛웃음만 흘러나왔다. 곁에서 병사들의 정보를 설명해 주고 있던 그레고리도 어이없는 것은 마찬가지인 것인지 뒤늦게 용찬의 눈치를 보기 시작했다.

그리고 마지막 병사들까지 전부 소환이 끝나자 인내심이 극에 달했다.

파지지직!

이리 둘러봐도 최하급. 저리 둘러봐도 최하급의 병사들뿐.

그저 능력치만 C, D급에 달하는 신규 병사들의 모습에 마왕의 눈빛이 싸늘하게 가라앉았다.

"그렇군. 난 아예 이 방면으로 운이 없는 거였어."

"마, 마왕님. 고정하십시오!"

"크, 크어어어?"

멀뚱멀뚱 서 있던 몬스터들이 사방으로 몰아치는 뇌전에 몸을 부르르 떨었다. 그 순간, 3층과 이어진 복도에서부터 아이리스가 쪼르르 달려왔다.

"헨드릭. 여기서 뭐 하고 있어?"

"쯧."

마치 처음부터 없었다는 듯 감쪽같이 사라지는 뇌전들.

자연스레 등 뒤로 찰싹 달라붙는 그녀의 모습에 신규 병사들은 안도의 한숨을 내쉬었다.

결국 용찬은 심기가 불편해진 상태로 병사들을 부대별로 선별했다.

'일단 병사들의 숫자는 230마리까지 늘어나긴 했군. 죄다 쓸모없는 놈들이란 게 문제이긴 하지만.'

자신과 눈이 마주친 놈들이 하나둘 움찔거리기 시작한다.

하지만 당장 병사들에게 화풀이한다고 해서 달라지는 것은 없을 터다.

"그레고리. 신규 병사들에게 방을 안내해 줘라."

"아, 알겠습니다."

"그리고 넌 얘랑 놀고 있어라."

반지에 깃들어 있던 정령이 바닥으로 내동댕이쳐졌다.

"캬아아악!"

"엇! 여태까지 반지에 숨어 있었다, 이거지? 이번에는 안 놓쳐!"

"도, 도와달라. 주인!"

아이리스의 품에서 발버둥 치던 체셔가 도움을 요청해 왔다. 하지만 이미 등을 돌린 용찬은 가볍게 손짓만 하며 계단으로 내려갔다. 아마 한동안은 그녀를 위해 스킬 사용 없이 놀아줘야만 할 것이다.

그렇게 첫 번째 볼일을 마친 용찬은 즉시 지하 1층으로 내려가 잭을 만났다.

"아, 마왕님. 마침 통신하려던 참이었는데. 잘 됐습니다. 여기 부탁하셨던 물건들입니다!"

"음. 생각보다 빠르게 완성됐군."

"난생처음 보는 재료이다 보니 그만큼 호기심이 동할 수밖에 없더군요. 물론 밤낮 할 것 없이 이어진 작업의 대가는 좀 크지만 말이죠."

대장간 내부로 시체처럼 쓰러져 있는 대장장이들이 눈에 들어왔다. 고대 유적지에서 처음 등장한 광석들과 기계 부품들 때문일까. 극도로 흥분한 잭을 말릴 새도 없이 휘하 대장장이들부터 장렬히 희생되어 있었다.

"쿨단의 새로운 방패와 내 새로운 무기. 그리고 부츠 정도인

가. 음, 이건 또 뭐지?"

"적당히 재료가 남아 칸과 켄에게 맞는 장비들을 따로 제작해 봤습니다."

총 일곱 가지 새로운 장비들.

언뜻 살펴봐도 레어급 이상은 되어 보이는 수준의 장비들이었다.

"쓸 만하겠어. 잘했다. 잭 펠터."

"으하하하. 다른 것도 있으면 언제든 맡겨만 주십시오. 마왕님."

"……제발 자비를."

시체처럼 축 늘어져 있던 대장장이들이 간절한 눈빛으로 손을 뻗어왔다. 하지만 그런 부탁을 들어줄 잭이 아니었다.

"이 정도 가지고 쓰러지다니. 한심하기 짝에 없구만. 얼른 일어나. 이것들아!"

"끄어어어어!"

"흐음. 나중에 또 찾아오도록 하지."

용찬은 복도 끝까지 들려오는 비명을 뒤로 하고 최상층으로 돌아왔다.

이제 대충 마왕성에 대한 정리는 끝난 상태.

부상을 입었던 몸도 완벽히 회복된 가운데 남아 있는 것은 오직 성장뿐이었다.

[37. 세 번째 수입원을 확보하십시오.]

눈앞에 떠오르는 지도창.

아직도 위원회의 깜짝 선물을 통해 갱신된 빨간 점은 산맥 사이에서 선명히 빛나고 있었다.

"우선 세 번째 수입원부터 확보해 볼까."

To Be Continued

**9클래스
소드 마스터**

이형석 퓨전 판타지 장편소설
WISHBOOKS FUSION FANTASY STORY

검성(劍聖), 카릴 맥거번.
검으로 바꾸지 못한 미래를 다시 쓰기 위해
과거로 돌아오다.

이민족의 피로 인해 전생에 얻지 못한 힘.

'이번 생에 그걸 깨주겠다.'

오직 제국인들만이 사용할 수 있었던,
그 힘을!

'나는 마법을 익힐 것이다.'

이제, 검(劍)과 마법(魔法).
두 가지의 길 모두 정점에 서겠다.

9클래스 소드 마스터: 검의 구도자